集英社オレンジ文庫

最後の王妃

白洲　梓

JN052911

最後の王妃

CONTENTS

エインズレイ国

アルバーン

エインズレイ国の皇太子。
メルヴィンの父。

親子

主従

ギル

エインズレイ国の将軍。
メルヴィンの乳兄弟でもあり、良き友人。

メルヴィン

エインズレイ国の王族。
アウガルテン王国への侵攻の際、王城にてルクレツィアと出会う。首都陥落後、国王代理に就任する。

アウガルテン王国

グレーティア
アウガルテン王国の王妃。
ルクレツィアの叔母。

親族

シメオン
アウガルテン王国の皇太子。マリーを溺愛する一方、正妻であるルクレツィアを疎んじ冷遇する。

夫婦

相思相愛

マリー
下働きの美しい娘。シメオンの寵愛を一身に受け側室に迎えられる。ルクレツィアを姉のように慕うが……。

主従

ルクレツィア
アウガルテン王国の名門貴族令嬢。15歳でシメオンに嫁ぐ。模範的な王妃となるべく、幼少から厳しく教育されてきた。

ティアナ
ルクレツィアの世話係の少女。医療の知識があり、体調を崩したルクレツィアを看護する。

イラスト／夢子

最後の王妃

The Last Queen

1

ルクレツィアは、美しい娘というわけではなかった。

十五歳らしい瑞々しさが彼女の容貌にいくらかの輝きを与えてはいたが、十人並の容姿であることは自覚していたし、今着ている豪奢なドレスも自分によく似合っているとは言い難かった。

今日、彼女は一国の皇太子妃となる。

婚礼の儀式を前にした少女は、鏡に映る自分の姿に少しがっかりしていた。

ありふれた茶色の髪は優雅に巻かれ、美しく編み込まれていつもよりは際立っていた。しかし髪と同じ茶色の瞳も、鼻も、口元も、どれも秀でたところがなく平凡だ。唯一、曇りのない白い肌だけはまばゆく美しいと言えるかもしれない。

身にまとう繊細なレースの施された純白の婚礼衣装は、多少は自分を綺麗に見せることに成功したとは言えるだろう。それでも我ながら、さほど魅力的な花嫁とは思えなかった。

夫となる皇太子シメオンには、いまだ会ったことはない。

(皇太子様は私をお気に召すだろうか……。いいえ、私はいずれこの国の王妃になるのよ。見た目がどうこうという問題ではないわ。重要なのは、皇太子妃として、そしていずれは王妃としての務めを果たすことよ。世継ぎを産み、夫である王を支え、民を慈しみ……)

ルクレツィアは両手を握りしめた。自分にはできるはずだ。そう思った。

この結婚は、ルクレツィアが幼いころから決められていたものだ。

アウガルテン王国建国当初から続く名家に生まれたルクレツィアは、将来の王妃となるために母から厳しい教育を受けてきた。

ルクレツィア自身、立派な王妃となろうと自ら進んで学んだ。歴史、近隣諸国の言語、礼儀作法にしきたり、歌舞音曲、必要なことはすべて身につけてきたつもりだ。

(ヴィルヘルミーネ王妃のような、皆に尊敬され愛される王妃にならなくては)

ヴィルヘルミーネ王妃は約百五十年前に実在した人物である。アウガルテン王国三百年の歴史の中で、最も有名な王妃だ。

美しく、賢く、夫である国王をよく助け、アウガルテン王国の黄金期を築いたとして国民から今も愛されている。彼女は多くの子どもを産み、よき母の模範ともされた。

「お時間でございます」

侍女（じじょ）が告げた。

ルクレツィアは鏡の中の自分から視線を逸（そ）らして、長いドレスの裳裾（もすそ）を引いて扉に向かった。

（大丈夫、きっと皇太子様も、私を慈しんでくださる）

優しく温和な皇太子だと聞いている。

よい夫婦となれるはずだ。

石造りの荘厳な聖堂に向かう回廊（かいろう）を進みながら、ルクレツィアは段々と自分の足が震えてきたのがわかった。

（本当に、できるだろうか。私に、そんな大役が務まるだろうか……）

聖堂の扉が開かれ、天井近い薔薇（ばら）窓（まど）から光が降り注いでいるのが目に入った。

祭壇（さいだん）の前に、一人の男性が立っている。

皇太子シメオンだ。

背は高くもなく低くもない。

顔立ちも、悪いということはないが、特別に優れた容貌というわけではなかったので、ルクレツィアはほっとした。

相手が大変な美男子であったら、引け目を感じていたかもしれない。

黒い髪はアウガルテン王国のしきたりにより後ろで一つに結ってある。黒い瞳は優しそうにルクレツィアを見ていた。

ああ、大丈夫だ、とルクレツィアは安堵した。

(きっと、よい夫婦になれる……)

婚礼の儀式では、互いに言葉を交わすことはない。

ひたすらに格式ばった儀式が滞りなく続き、シメオンと面と向かって話をする機会を得たのは、ようやく夜になり寝所に入ってからだった。

「ルクレツィア殿、疲れたのではないか」

シメオンは優しく微笑みながら、ルクレツィアを労ってくれた。

大きな寝台のある部屋。これから夫婦の契りを交わすのだと思うと、ルクレツィアはさすがに緊張して体が強張った。

一通りの手順については知識として得ていたものの、十五歳の少女にとっては未知の世界だ。

長椅子に腰かけ、膝の上で震える両手をしっかりと握りしめる。

「あ……ありがとうございます、殿下。大丈夫でございます」

消え入りそうな声でそう答えるルクレツィアに、シメオンは苦笑したようだった。

「よいよい。長々とした儀式に、さぞ気を張っていたであろう。今宵はなにもせぬ。ゆっくり休みなさい」

そう言われ、ルクレツィアは一瞬ぽかんとして夫となった男性の顔を見た。

「いえ、あの、殿下。わたくしは大丈夫でございます」

「無理をするな。そなたは大切な私の妃だ。こうしたことは、また落ち着いてからにしよう」

優しく肩に手を置かれ、ルクレツィアはどぎまぎした。男性に触れられることなど初めてだからだ。

肩に触れられただけでこれほど動揺するのであれば、その先など確かにすぐには無理かもしれない。

自分があまりに構えているから、気を遣わせてしまったのだ。

申し訳なく、また恥じ入る思いだった。これも妃としての務めであるというのに、最初からこれでは先が思いやられる、とルクレツィアは生真面目に考えた。

しかし同時に、優しく思いやってくれるシメオンの気遣いが嬉しい。

（この方が私の夫なのだわ。そしてこの国の王になる方。この方ならきっと、民を思いやり善政を敷く、よい王になられる……）

結局その夜、二人は同じ寝台で寝たものの、夫婦の契りを交わすことはなかった。

しかしそれ以来、二日たっても三日たっても、ひと月たっても、シメオンがルクレッツィアの寝所を訪れることはなかった。


暖かな日差しが、緑の茂った庭園を照らしている。

真っ白な椅子に座り、女性たちが色とりどりのお菓子とお茶を口に運び、笑いさざめいていた。

婚礼の儀式からふた月が経とうとしていた。

皇太子妃の一日の予定は決められていた。朝起きて、身だしなみを整え、礼拝をし、朝食をとり、皇太子と国王・王妃にそれぞれ挨拶（あいさつ）をする。その後は皇太子妃として身につけるべき教養を教師について勉強し、午後には貴族の夫人たちを集めたお茶会、少しの自由時間、そして遅めの夕食……。

本来ならばその後、皇太子と過ごす時間があるはずであった。

しかし朝の挨拶を除いて、ルクレッツィアはシメオンと会うことがなかった。

挨拶といっても形式ばったもので、「おはようございます、殿下」としか言葉は発さない。

　会話を交わすこともないため、何かを尋ねることもできない。

　挨拶の際も、目も合わせてくれないのだ。

（婚礼の日はあんなに優しかったのに）

　侍女をシメオンのところへ遣わしても、「今は忙しいから訪ねることはできない」という返答しかなかった。

「皇太子とはうまくいっていますか、ルクレツィア」

　グレーティア王妃が、ポットからお茶を注ぎながら尋ねたので、ルクレツィアははっとして顔を上げた。

　ルクレツィアの母の妹、つまり叔母であるグレーティア王妃の招きで催された茶会でもの思いにふけってしまっていたことを恥じ、ルクレツィアは慌てて答えを探した。

　三十代半ばのグレーティアはなかなかの美人で、年齢による容色の衰えはややあるものの、どこか妖艶さを醸し出していた。

　そんなグレーティアに探るように尋ねられ、ルクレツィアはつい身をすくめてしまう。

（まだ本当の夫婦になっていないだなんて、そんなこと言えない……）

　自分がなぜ皇太子妃になることができたのか、ルクレツィアはわかっていた。

叔母は叔母自身の立場のために、有利だと思ってルクレツィアを推したのだ。ルクレツィアが世継ぎを産めば、それは間違いなくグレーティアとも血の繋がった子だ。王の後妻であり、実子を持たなかった叔母にとって、現国王が世を去った後も権力を得るための重要な存在になる。

それなのにルクレツィアがこのまま妊娠もしないようでは、叔母はさぞ落胆するであろうし、怒りに身を震わせることが想像に難くない。

ルクレツィアとしても、ここまでの身に引きたててくれたのは叔母であり、また、この王宮内で最大の後ろ盾でもある彼女に感謝しているのだ。

「……はい叔母様、殿下には大層優しくしていただいております」

「そうですか、それはよい。二人の御子が生まれるのが今から楽しみです」

扇を口元にあてて笑うグレーティアに、ルクレツィアは力なく微笑み返した。

（そうよ、私の役目は、王を支え、世継ぎを産み、民を慈しむこと……）

皇太子妃の部屋は、その身分にふさわしく可憐で豪奢なものだった。

天蓋つきの寝台には繊細なすかし彫りが施され、花を象った照明が優しい明かりを灯している。植物を描いた壁紙は控えめながら金箔があしらわれ、猫足のコンソールテーブル、真っ白なマントルピース、どれをとっても少女の心をくすぐるものだ。

しかし訪れる者のないこの部屋で一人過ごす毎日は、じりじりと焦りばかり募る。

大きな寝台は孤独感を深めることしかなく、ルクレツィアは毎晩なかなか寝つくことができず何度も寝返りをうち、シーツを握りしめ、頭を抱えて涙を流した。

孤独なのは王宮内でも同じで、新参の皇太子妃には誰もがよそよそしく、様子を窺うのがわかった。

一挙手一投足が注目され、ほんの少しの失敗も彼らを喜ばせることになると思うと、毎日が氷の上を歩いている気がする。

それでも自分はよくやっているほうだ、とルクレツィアは考えていたし、実際、彼女はほとんどなんの失敗もなかった。

それほどに実家でのしつけは厳しかったし、ルクレツィアには学んだことを実践する能力があった。

しかしひとつだけ実践できていないのが、夫との関係だったのだ。

それは最も重要なことであるはずだった。

そして婚礼から三か月経った夜。

ついにルクレツィアはじっとしていられなくなり、部屋を出た。広く迷路のような回廊を侍女たちが慌ててついてくる。

「妃殿下、どちらへ」

「皇太子殿下のところです」

年配の侍女が狼狽して声をあげた。

「なりません、お召しもないのにそのような……」

「妻が夫のところへ行くだけです。何も問題はありません」

そう言ってルクレツィアは、周りの者を押しのけるようにしてシメオンの部屋がある別宮へ向かった。

庭園を横切る豪奢な渡り廊下を進むと、月が庭の池を幻想的に照らし出しているのが目に入る。

今夜は満月だったのか、とルクレツィアは思った。

彼女の少女らしい想像では、こんな夜には夫である皇太子と、庭を散策しながら国の未来について穏やかに語り合っているはずだった。

(殿下が私の手をとって、ゆっくりと池のそばを歩いて……)

はたと、足を止めた。

まるで想像の中の二人が抜け出てきたようだった。月明かりを宿す池の傍に、二人の人物が影絵のように佇んでいる。

一人はシメオンだ。

夜の散策だろうか。

ルクレツィアは声をかけようと思い、一歩足を踏み出し、そして、凍り付いた。

シメオンの隣には、絵から抜け出てきたような美少女が寄り添っているのだ。

銀色の輝く髪、菫色の可憐な瞳、すっと通った鼻筋、つんとした愛らしい唇、桃色の頰。服装は下働きのお仕着せだが、絹のドレスを着ているように美しかった。

（なんて綺麗……あんな風に生まれたかった……）

思わず吐息が漏れた。

シメオンは優しい眼差しで彼女を見つめている。美少女は頰を染め、うつむいていた。

「いけません、私など……身分が違います。私のような者が、殿下のお側にいては……」

「何を言う。私にはそなただけだ。ずっと、出会ったときから……三年前からずっとだ」

彼女の大きく美しい瞳から涙がこぼれる。

「殿下はすでに妃殿下を迎えられたではありませんか」

「仕方がなかった。義母上のご意向で、仕方がなかったんだ。だが信じてほしい。そなただけを想っている。ルクレツィアとは、初夜も契りは結ばなかったし、それきり訪ねてもいない。この先もそのつもりはない。マリー、愛している、そなただけを」

（……なんですって？）

ルクレツィアは、自分の目と口が、ぽかんとまん丸く開いていることを意識の裏側で感じながらも、そのまぬけな顔を制御することができなかった。

（誰なの、その娘は……）

シメオンは、彼女を愛おしむように抱きしめた。

ルクレツィアにはしたことのない行為。

美少女は泣きながら、彼の胸に顔をうずめている。

ルクレツィアは茫然とその光景を見つめ、そしてふらふらと後退った。

「妃殿下！」

侍女が慌てて倒れそうになったルクレツィアを支える。

「部屋に戻ります、部屋に……ええ、部屋へ……」

世界が、ぐにゃぐにゃと曲がって見えた。

この回廊はこんなにも急勾配だっただろうか。この階段はらせん階段だった？

（仕方がなかった……愛しているのは、そなただけ……）

耳にした言葉が、延々と頭の中を駆け巡る。

寝台に倒れこみ、ルクレツィアは両手で顔を覆った。

「妃殿下、お水を」

水を差し出されたが、受け取る気にもならなかった。

「……あれは、誰?」

侍女は表情を曇らせ、言いづらそうに口を開く。

「炊事場の、下働きの娘です。マリーといって……働き者で、もう三年は勤めていますが、まさかあんな……」

それ以上は耳に入ってこなかった。

ルクレツィアは横になり、ぼんやりと寝台の天蓋を見つめていた。

(この三か月、私ではなく、あの子のところに通っていたのだ……私には、忙しいと嘘をついて……初夜だって、私を気遣うふりをして、本当はあの子のために私には触れなかった……)


ほどなくして、国王が崩御した。

それから半年後、喪が明けると、国王となったシメオンはマリーを側室に迎え入れると王命を下した。

侍女たちの噂話が、ルクレツィアの耳に入ってくる。

──身分違いの恋ですって。

──陛下はずっとマリー様を愛してらっしゃって、王妃様との結婚も随分拒まれたんだそうよ。

──偶然、王宮内でマリー様と出会って、見初められたんですって。

──下働きでも国王陛下のお手が付くのね。私ももっと頑張ってお目にとまるようにするんだった！

──王妃様との結婚で、マリー様は一度は身を引いて姿を消されたんだけど、それを陛下が血眼になって探し出したらしいわよ。

聞こえてくる話は、まるでよくできた物語のようだった。

主人公はマリーだ。

身分は低いが美しい娘が、王と恋に落ちる。しかし王には高貴な身分の婚約者がいて、マリーは悲嘆にくれる……。

（つまり私は、愛し合う二人の仲を引き裂く、邪魔な存在……）

結局王は、身分の低い美しい娘を選んで、めでたしめでたし、だ。

（私は？　邪魔な王妃はどうなるの？）

「いまいましいこと」

叔母の吐き捨てるような声が響いて、ルクレツィアはびくりと肩を震わせた。

マリーが正式な側室となって宮殿入りし、今日は王妃であるルクレツィアと、皇太后であるグレーティアに挨拶をすることになっている。

叔母の部屋でマリーを待ちながら、ルクレツィアは落ち着かない気分でいた。

今日は念入りに化粧もし、ドレスも一番自分に似合うと思うものを選んだ。しかしあの美少女に会うと思うと、何をしても自分の平凡さが際立って気持ちが沈む。

どんなに着飾ろうと、彼女の美しさに敵うはずがない。

（馬鹿なことを気にしているんだわ。私は王妃なんだもの。美しさは重要ではないはずよ。必要なのはそんなことではない……。見た目では敵わなくても、王妃としての器量さえあればいいのよ。あの子に対しても、陛下に仕える女たちの上に立つ者として、寛大な態度を取らなくてはならないわ。嫉妬なんて見苦しいことだもの。王妃たるもの、威厳を見せなくては）

グレーティアは柳眉を逆立ててルクレツィアを見据えた。

「あんな身分の低い平民の娘を側室にするだなんて。王妃であるあなたが、しっかりしていないからこんなことになるのです」

「申し訳ございません、叔母様……」

グレーティアはいらいらと扇をはためかせる。

「わたくしは絶対に許しません、あんな下賤な女。あの女が先に身ごもって、しかも男の子を産んでしまったら……いいえ、平民の女が産んだ子など世継ぎとは認められないでしょう。しかしお前に、もし子ができなかったら、どうなるか……！」

青筋を立てて顔をゆがませる叔母に、ルクレツィアは唇をかみしめた。

「申し訳ございません……」

マリーの来訪を告げる声がした。

ルクレツィアは身構えるように、顎を引いた。王妃たる威厳を見せなくては、と思った。

やがて、おずおずとマリーが部屋に入ってくると、ルクレツィアは思わず震えた。

（なんて……愛らしいのだろう……）

あの夜、月明かりの下で見たお仕着せ姿のマリーも十分に美しいと思ったが、今目の前に立つ少女は、この部屋の空気をすべて染め上げるようなまばゆさだ。

菫色の瞳に合わせたような菫色のドレスは、ごてごてせずあっさりとした品の良い仕立てで、よく似合っていた。妖精のような可憐さに、目がくらむ。

マリーは物慣れない、しかし誠実そうな口ぶりで挨拶の言葉を述べた。

「お初にお目にかかります。マリーと申します。至らぬ点が多いかとは存じますが、王室の名に恥じぬよう、国王陛下、そして皇太后様、王妃様に、精一杯お仕えさせていただきます。どうぞ末永く、よろしくお願い申し上げます」

ルクレツィアは意外に思った。

平民の出で、教養も何もないと思っていたが、この少女には所作や言動に品があった。学ぶ機会がなかったのであれば、それは生まれ持ったものだ。

グレーティアも少し気勢をそがれた顔をしていたが、扇をぱちりと鳴らして畳むと、胸を張った。

「そなたには国王陛下の名に傷をつけぬよう、礼儀作法、宮廷内のしきたり、すべて学んでもらわねばならぬ。無学な平民だからとて、できぬでは済まされぬぞ」

「はい、皇太后様」

マリーは素直に返答した。無学な平民と言われていい気分のはずがないが、それを表に出さなかったことは称賛に値する、とルクレツィアは思った。

「すべて王妃が首尾よく手配なさい」

「承知いたしました。……マリー、今後何かあれば、わたくしに相談なさい」

「はい、王妃様。ありがとうございます」

ふわりと、マリーが笑った。花が咲くような笑顔とはこのことだ、とルクレツィアは思い、つい見惚れた。

それと同時に、どうしようもなく居心地が悪くなった。

まるで自分に懐いて慕うような、そんな様子に見えた。何かあれば相談しろ、と形式的に言ったものを、そのまま素直に親切と受け取ったのだろうか。

(これではまるで、本当に私は邪魔で悪者の役どころだ……)


「陛下は昨夜もマリー様のところへ?」

「そうみたいよ。あーあ、私もマリー様の侍女に配属されればよかった。あちらは随分賑わっているらしいわ。今夜も特別な宴があるんですって」

「ええ?　マリー様って、もともと下働きだったじゃないの。そんな人の下で働きたいの?」

「それがね、陛下のご寵愛を一身に受けているのに、全然偉そうなそぶりもなくて、むしろお仕えする者たちにはそりゃあ慈悲深く親切にしてくださって、色々と賜り物もいただけるらしいわよ」

マリーの居室へ向かう途中、そんな侍女たちの会話が聞こえて、ルクレツィアは足を止めた。

マリーには様々な分野の教師をつけている。授業の様子を時折見に行き進捗具合を確認することも、王妃としての務めの一つだった。

ルクレツィアが赴くと、いつもマリーは恐縮しつつも嬉しそうに迎えた。

「本当に、いつもよくしていただいて、王妃様には感謝しております。恐れ多いことですが、まるでお姉さんみたいで……」

そう照れたように笑った。

マリーはルクレツィアと同い年だ。

姉と言われるのは少し複雑ではあったが、しかし悪い気はしなかった。

シメオンがこの少女を愛する気持ちも、わかる気がした。こうも懐っこくされれば、好意を持たざるを得ないだろう、と思える。

しかしそれと同時に、王妃であるルクレツィアからシメオンの足が遠ざかっていることもあからさまになった。

ルクレツィア付の侍女たちは、それが面白くないらしい。

廊下の曲がり角の向こうから偶然聞こえた侍女たちの会話に、ルクレツィアは耳をそばだてた。三人ほどの侍女が、おしゃべりをしているようだった。

「陛下は王妃様のところには一向にいらっしゃらないものね」

「しかたないわね。無理やり押し付けられた相手だもの、王妃様は」

「マリー様と比べたらこれといったところのない、平凡な方だしね」

「ここにいても、私たちに未来はないわよ」

ルクレツィアは、心臓がどくどくと音を立てるのを感じた。

静かにその場を離れて、自分の部屋に戻る。

涙が滲んできた。思わず拳を握りしめる。

ここで何をしているのだろうか。

世継ぎは、もう産めないだろう。

シメオンが自分のところへやってくることは、ないだろうから。

「――もちろん、わたくしと陛下が相思相愛の仲になるとまでは、思ってはいなかったわ」

長椅子に座り、流れそうになる涙を止めようと天井を見上げながら、ルクレツィアはつぶやいた。

（お互い、決められた相手だもの。きっと側室だってお持ちになると思っていた。でもそれは、まず王妃である私との責務を果たした上で、よ。女として愛せないにしても、王として私との間に世継ぎを作る責任があるはず。ご自分のお役目くらい、わかっている方だと思ったのに……）

王としての責任を放棄するほどに、マリーを愛しているということだろうか。

王である前に、一人の男としての誠意を貫くつもりなのか。

（ええ、自分がその誠意を向けられる対象ならば、素敵なお話だわ。女なら誰もが夢見る物語ね）

ヴィルヘルミーネ王妃のようになりたいと、そう願って、必死で勉強してきた。その努力は今、純粋な恋という目に見えないものの前に、あっけなく崩れ去ってしまったのだ。

しばらくすると、ルクレツィアは涙をぬぐって身だしなみを整え、侍女を連れてマリーのもとへ向かった。

務めを果たすこと、それが生真面目な彼女の、一番の精神安定剤でもあったのだ。

「まぁ王妃様、ようこそいらっしゃいました」

マリーのために用意された小ぶりだが瀟洒な別宮は、華やいでいた。王妃であるルクレツィアのいる宮殿よりも、多くの侍女と訪問者であふれている。

（本当なら、私がこの中心にいるはずだった……）

「ごきげんようマリー。今日は歴史の講義だったかしら。ご一緒できればと思って」

義務的に訪れていることをできるだけ悟られないよう、ルクレツィアは笑顔を作った。

マリーの顔がぱっと柔らかな笑顔で満ちていく。

「まぁ嬉しい！　どうぞ入ってください。ちょうど美味しい果物が届いたんですよ。陛下もいらっしゃっているんです」

応接間に通されると、そこにはシメオンが寛いだ様子で長椅子に腰かけていた。ルクレツィアを見ると、ぎょっとしたような顔をして、目線を逸らす。

ルクレツィアは思わずいらっとした。

（なんなの、その態度は。内心はともかく、妻に対する態度くらい、礼節としてきちんとしてみせられないの？）

「陛下、王妃様がお見えです」

「ああ、王妃か。今、東の国で採れるという珍しい果物が届いたのだ。皆で食べよう」

ぎこちない様子でルクレツィアを椅子へと促す。マリーとの時間を邪魔してほしくないという気持ちが見え見えだ。

しかし何より彼女を苛立たせたのは、マリーの前では王妃である自分を大切に扱っているふうを装っているシメオンの態度だった。

ルクレツィアは、自分の上げた口角がひくひくするのがわかってなんとか抑えた。笑顔を絶やしてはいけない。目は笑っていないだろうが。

マリーが当たり前のように、シメオンの隣に座る。

(側室なら、そこは王妃に譲りなさい！　礼儀がなっていないったら、もう……！)

しかたなく、二人掛けの椅子に座る二人の横で、一人掛けの椅子に腰かけた。

「王室の一員となってから、こんなに仲良くしてくださるのは王妃様だけですわ。さみしくても王妃様がいらっしゃるから大丈夫なんです、陛下」

「そうか。そなたたちが仲が良いのは喜ばしいことだ」

にこにこと見つめあう二人に、ルクレツィアは少々呆気にとられた。

(この子は本気で言っているの？　まさか、陛下も本気でそう思っているの？)

果物が載った大皿が運ばれてくる。

マリーが目を輝かせた。

「こんな珍しい果実が手に入るというのは、陛下のお力の賜物でございますね。東の国にまで、そのご威光が届いてらっしゃるということですもの。陛下はさぞ、歴史に名を残す名君におなりでしょう」

口に含んだ紅茶を吹き出しそうになって、ルクレツィアは慌てて咳払いでごまかした。

正直なところ、ルクレツィアが各方面から聞き及ぶシメオンの政治能力は、名君と呼べるようなものではなかった。決断力に欠け優柔不断、周りの意見を聞こうとしない、と諸侯たちが嘆いており、もはや見放されていると言ってもいい。

自分のもとを訪れるシメオンのことしか知らないマリーは、嬉しそうに話を続ける。

「先ほども数学の講義に陛下にもご一緒していただいたのですが、どれもすらすらと正解されて！　陛下は勉学にも優れておいでなのですね」

（マリーに教えている数学の難易度であれば、基本的な学問を習得した者なら誰でも解けるわ……）

と言いたい気持ちを抑え、ルクレツィアは笑顔で返した。

「まぁ、そうでしたか。陛下は何をされても秀でてらっしゃるのですね」

「はい！　そのような陛下の御子も、さぞや聡明でございましょう」

マリーが発した一言で、部屋の時間が一瞬止まった。

（……子？）

シメオンが若干居住まいをただし、少し緊張したように手を組んで、ルクレツィアに向かい合った。

「王妃、実は、私も先ほど知ったのだが……」

マリーをちらりと見やり、少し居心地の悪そうな、そして喜びを滲ませた表情で、シメオンが言った。

「マリーに、子ができたのだ」

世界の音が止まって、色が褪せた。ルクレツィアにはそう感じられた。

鈍器で殴られたような気分の中、それでも笑顔は絶やさなかった。

長年の教育と習慣が、彼女を狼狽から助け、「それはおめでとうございます、陛下」と無事に言い終えることができた。

「……マリー、よくやってくれました。体を大切にして、元気な子を産むのですよ」

「ありがとうございます、王妃様」

幸せに満たされた笑顔を浮かべたマリーは、それはそれは美しかった。

心根まで醜くはなりたくない。ルクレツィアはドレスをぎゅっと握って、耐えた。

その翌年、マリーは元気な男の子を産んだ。

The Last Queen

2

城下の大通りは、人と馬車でごったがえしていた。

小高い丘の上に建つ王宮の足元から街へと続く石畳(いしだたみ)は美しく、その上を走る瀟洒な馬車と相まって絵のようだった。

通りを行く人々が指をさす。

「ご覧、王妃様の馬車だよ」

「最近よく街までいらっしゃるね」

ルクレツィアは馬車の窓から、そっと外を眺めた。

道端に途方にくれたように座り込む人々が多いように感じた。

「なんだか、浮浪者のような者が増えたわね」

向かいに座る侍女(じじょ)が、眉(まゆ)をひそめる。

「都の外から、食べ物と仕事を求めて流れてくるんです。今年はどこも不作でしたし、大地震のあった西の地域では餓死者(がししゃ)も出ているとか。辺境の村からも人がやってきますしね。結局ああして、いたるところに浮浪者が溜まっているのですわ」

「陛下は、きちんと対策を立てているのかしら……」

「今度から王妃様がお通りになる際には、事前に追い払っておきますので」

すまなそうに言う侍女に、ルクレツィアは慌てて否定した。

「そんなことはしなくていいわ」

(彼らを心配しただけなのに、不愉快に思っていると受け取られたなんて……)

身近にいる侍女にすら、自分はそれほど思いやりのない人間に見えるのか、と少しがっかりした。

今日は、王妃の務めとして病院や孤児院の慰問を行うための外出だ。月に幾度か、こうして城下を訪れている。

王宮は、マリーとその息子を中心に回っていると言ってよかった。

跡継ぎを産んだマリーの権勢は確固たるものになり、主だった貴族たちはこぞって彼女に取り入ろうとしている。シメオンもすっかりかわいい息子の虜(とりこ)だ。彼女の産んだ王子はつつがなく成長していて、すでに二歳になっていた。

それでいてマリーの態度は謙虚で、その権力で政治に介入したり、人事に口を出したりすることもなく、ルクレツィアへも尊敬の姿勢を崩さない。だからこそ、マリーの評判は上がる一方だ。

その陰で、皇太后であるグレーティアの権威は衰えていた。それに苛立ったグレーティアは、ルクレツィアにはもう期待できないと諦めたようで、自身が推薦する別の側室を王宮へ招こうと画策している。

ルクレツィアはいつの間にか、こうした王宮内の権力争いの渦中から完全に蚊帳の外となっていた。

そんな彼女にとって、ほぼ唯一と言える王妃としての仕事がこうした慰問だ。もともとはヴィルヘルミーネ王妃が始めた施策で、国の母としての重要な役目とされている。

馬車が到着すると、孤児院の前では院長やそこで働く女たちが、ずらりと並んでルクレツィアを待ち構えていた。

「ようこそいらっしゃいました、王妃様」

馬車から降りると、ルクレツィアは彼らを見渡し眉をひそめた。

「院長。このような出迎えは無用と、以前お話ししたではありませんか。このような時間があるなら、どうぞ子どもたちの世話を続けてください」

頬のこけた人のよさそうな院長は、ぶんぶんと頭を振った。

「これはわたくしたちの、王妃様へのせめてもの感謝の気持ちとご理解ください。このようにいつも気にかけてくださるのは、王妃様だけでございます。子どもたちも、私たちも、いつも神と王妃様への感謝の気持ちを胸に生きているのでございます」

大げさな物言いは、もちろん社交辞令を含んでいるだろうから、ルクレツィアはあまり相手にはせずに孤児院の寂れた門をくぐった。

建物は老朽化しており、建て替えの必要を感じていたが、中々その予算を得ることができない。

(陛下に直接お願いするしかないだろうか……でも私の言うことになど耳を傾けないでしょうね。今度マリーを連れてきて現状を見せて、彼女の口からお願いしてもらおうか……)

そう思ったとき、ぞっとした。

自分がマリーに頼ろうとしている。

彼女を頼るしか、この国で自分の意向を通す術もない。正式な王妃である自分が。

(馬鹿なことを考えたわ)

これでは、マリーに取り入っている輩と同じだ。

振り払うように、頭を振った。自分でなんとかしよう。

中庭を抜けていくと、子どもたちが駆け寄ってきた。

「王妃様、こんにちは」

「王妃様、この間のお話の続きをして」

こざっぱりとしたお揃いの衣服を着た子どもたちが十人ほど群がってきて、ルクレツィアを囲む。

彼らの顔を見ながら、ルクレツィアは頭を切り替えた。

「マリア、風邪(かぜ)は治った？　よかったわ。アルベルト、袖(そで)が破けているわね。後で縫(ぬ)ってあげます。ダミアンはこの間の問題は解けた？　では答え合わせをしましょう。新しい教科書も持ってきました。それが終わったらみんなにお話の続きをしますから、食堂へいらっしゃい」

すぐにルクレツィアの両手には、小さな子たちがぶらさがった。楽しそうな笑い声がはじける。

正直なところ、ルクレツィアは子どもが特別に好きなわけではなかった。嫌いでもなかったが。

これは自分にとって仕事であり、義務だ。

彼らを国にとって財産となるような人間に育てる。それが王妃としての自分の役割である。

そんな気持ちを知ってか知らずか彼女に懐いている子どもたちを見るにつけ、彼女に懐いているマリーと重なって見え、少し心が痛んだ。

（こういうことを、義務だと思わず慈愛の心で行える人が、理想の王妃よね……私はどこまでも、十人並の人間だわ）

ふと、遠巻きに一人の少年がこちらを見ていることに気づき、ルクレツィアは足を止めた。

以前訪ねた時も、一人だけ離れたところに座っていたのを思い出す。新しく入ったばかりで、輪に入れていないようだった。色褪せた金の髪に、そばかすの散った無表情な顔で、どことなく不器用な感じが自分に似ている、と思った。

「カール、こっちにいらっしゃい」

そうルクレツィアが呼ぶと、少年はびっくりした顔をした。そうしておずおずと近づいてくると、首を傾げた。

「名前、なんで知ってるの？」

「前に来た時に聞いたわ」

「前に来たの、随分前だよ。よく覚えてるね。……ここの先生たちもまだ俺の名前覚えてないよ」

「そうなの？」

「だって百人以上いるのに……」

　人の顔と名前を一致させることは、王妃教育の一環で培われたものだ。国内外の貴族や要人の顔と名前を把握することは、王妃にとって重要なことだ。彼らに付随する情報を即座に頭の中から引っ張り出し、自分と国王にとって有利に物事を進めねばならない。

　だからルクレツィアにとっては、一度会ったカールの名前を覚えているのは当たり前のことだった。覚えるよう、努力をしたのだから。

「何人いても金髪でそばかすのカールはあなた一人だもの。さあ、あなたも食堂へ行きましょう。この間のお話、後ろのほうで聞いていたでしょう」

　促され、カールはルクレツィアの後をついてきた。

　嬉しそうな笑みが彼の口許にこぼれたことを、前を向いていたルクレツィアは気づかなかった。

　院長がそのあとに続き、ぽつりとこぼす。

「まったく、王妃様は相変わらずすべての子のことを覚えていらっしゃるんですね。以前いらっしゃったのはひと月前なのに、私たちよりよほど彼らのことを事細かにご存じなのだから驚きます」

それを聞いたルクレツィアの侍女が、うんざりした様子で肩をすくめた。

「病院を訪問されてもこの調子ですもの。病人すべてとお話しされますし、全部記録までおとりで。完璧主義でいらっしゃるのも困りものですわ。いつも、一体いつになったらお城へ帰れるのかとやきもきいたします」

その日は日没まで子どもたちと過ごし、王宮に戻ったルクレツィアは決意を持ってシメオンの部屋を訪ねた。

シメオンは、思いのほかすんなりと迎え入れてくれた。

マリーの妊娠出産の件で、どうやらルクレツィアに引け目があるらしい。

「このような夜分にどうしたのだ」

相変わらず、ひどく他人行儀な物言いだった。義務感で話しているのがわかる。

「このような遅くに申し訳ございません、陛下。昼間は王子様とお過ごしでお忙しいようですから、中々お時間をいただけませんもので」

つい皮肉が口をついた。

シメオンは眉をひそめる。

「……僭越ながら、お願いがあってまいりました。福祉への予算を増やしていただきたいのです。今日も孤児院へ慰問してまいりましたが、建物は古くなり、雨漏(あまも)りもあります。十分な勉強の場も与えられておりません。国の未来を支える子どもたちへの投資は、国家として削減してはならないと考えます」

しばらく、沈黙が続いた。椅子(いす)に深々と腰かけたシメオンの顔は、自分の夫のものとはいまだに思えない。他人だ。

「……明日、大臣に伝えておこう。それでよいか」

あっさりと聞き入れられて、ルクレツィアは面食らった。

目をぱちぱちとさせて立ち尽くしているルクレツィアから、シメオンはすっと視線をはずした。

「なんだ。そなたの意向を汲(く)んだのに、不満か」

「……いえ、いえ陛下。ありがとうございます。感謝いたします」

(私の言うことを何がしか肯定的に受け止められたのは、初めてだわ……)

「話が終わったならもう行くがよい。私はまだ仕事がある」

「も、もうひとつ、お伺(うかが)いしたいことがございます」

こんなにシメオンと会話をするのも、初めてのことだ。

率直(そっちょく)に、ルクレツィアは嬉しかった。今ならば、理想通りではなくても、よき相談相手となれるかもしれない。

「城下に降りた際、道端に座り込む多くの民を見ました。聞けば、不作や地震により仕事や家を失った者たちだとか。これについて、対策は的確に取られているのでしょうか。都に流れ込んでも、職を得ることは難しいでしょう。本来各地における対策が重要ですが、現状は各領地において領主の意向次第。対策がまちまちであり、徹底されてはおりません。これを陛下の下、統一の施策をもって……」

話しながら、シメオンの眉間の皺が深くなっていることに気づいた。

「……あの、ですから陛下……」

「王妃、私はこの国の国王である」

シメオンが苛々とした口調で言った。

「国にとって必要なことは私がわかっている。私は王妃に助言など求めていない」

ルクレツィアは喉が詰まったようになって、言葉が出てこなくなった。

「国政に余計な口出しをするな。王妃の希望は叶えよう。それが王妃の務めだからな。王妃は王妃の役目を果たせばよい」

屈辱に、体が震えた。

「……国王、で、いらっしゃいますか、あなたが」

思わず口をついて出た。

シメオンが怪訝そうにこちらを見ている。

「……ご自身が王であるというのなら、その責務を果たされませ！　わたくしはあなたの正式な妃でございます！　側室をお持ちになるのはご自由ですが、あなたはまず、わたくしとの間に世継ぎをもうけることをお考えにならなくてはいけない立場でございましょう！　それは王としての務めです！　それをないがしろにしておきながら、よくもぬけぬけとそのようなことを仰いますね！」

これまで、ルクレツィアの矜持が決して言わせなかった言葉が、思わず溢れ出た。

これほど激しい口調のルクレツィアを見た者はいなかった。

彼女は常に王妃たらんとすることで、その振る舞いはどこまでも自己抑制されてきたのだ。

静かで凡庸な妃としか思っていなかったルクレツィアに罵声を浴びせられ、シメオンは面食らったようだった。

「王妃……」

「あなたはわたくしを何だとお思いなのです！　感情のない人形とでもお考えですか！　あなたがわたくしを無視し続けたこの数年、わたくしが傷つかなかったとでも!?　国家の君主であるならば、国家の母たるわたくしに対する態度をお考え直しください！」

「……仕方がないだろう！　私は、マリーを愛しているのだ！」

突然そう叫んだシメオンに、今度はルクレツィアが面食らった。

拳を握りしめ、苦痛に耐えるようにシメオンは訴える。

「彼女は、王としての私ではなく、一人の男として私を愛してくれたのだ！　誰もが私を、皇太子として、王としてしか扱ってはくれなかった。しかし彼女だけは違う！　私が名もなき農夫であっても愛してくれるだろう。一人の男として愛する女を幸せにすることもできず、何が王であろうか！　私は彼女に誠実でありたいのだ！　私が彼女以外の女と床を共にすれば、どれほど彼女を傷つけることか……！」

苦悩の表情で机に両手をつく。

「私だってそなたをこのような立場にはしたくなかった！　私は皇太后様にも、前の陛下にも何度も頼んだのだ。彼女を正妃として迎え、たった一人の妻として生涯を共にしたいと……愛してもいない女性を妻にすることはできないと。それでは相手が憐れだと。だがそれは身分によりかなわなかったのだ！　マリーと出会っていなければ、そなたを愛するよう努力もしただろう。しかし、私は本当の愛を知ってしまった！　そなたには済まないが、しかし、私には誰かを愛する自由さえ得られないというのか!?　私も、王である前に一人の人間だ！　どうしてそれだけのことも許されないのだ……！」


王宮内にある王室専用の書庫には、めったに人が訪れない。

こぢんまりした小さな建物だ。

王宮の外れにある薄暗いこの書庫に入れる鍵を持つのは王家の者だけだったし、収められているのは重要ではあっても、小難しく堅苦しい本ばかりだ。

しかしルクレツィアにとっては、人の目を気にせず一人になれる、大事な場所でもあった。

シメオンの部屋から出て、無意識にこの書庫に入った。お付の侍女たちとはどこかではぐれた気がする。どこをどう通ってここまで来たかが、よく思い出せないのだ。

書庫に入るなり、明かりもつけず、ルクレツィアは力尽きたようにその場に座り込んでしまった。

――余計な口出しをするな。

――私は王妃に助言など求めていない。

――彼女を正妃として迎え、たった一人の妻として生涯を共にしたい……。

シメオンの言葉が、何度も頭の中を回って離れない。

長いドレスの裳裾を抱え込むように、膝を抱いて顔をうずめた。

涙が溢れて止まらない。

（何のために存在しているの、私は……）

王妃として生きるためだけに、これまでの人生を捧げてきたルクレツィアにとって、シメオンの言葉はもはや死刑宣告だった。

（生きている意味があるの？　誰も私のことなど求めていないのに？　私がいなくてもだれも困らないじゃないの。世界は私なしでもつつがなく回るのだから）

嗚咽を漏らしながら、ルクレツィアは長い間その場から動けなかった。

散々泣いた頃、どこからか人の話し声がして、ルクレツィアは顔を上げた。

（嫌だわ、誰も来ないと思ったのに。こんなみっともないところを見られたくない……）

絶望していても体裁を気にしてしまう自分に、改めて嫌気がさした。しかし性格はそう簡単に変えられるものでもなく、誰かが入ってくる音がして、ルクレツィアは這うように大きな本棚の裏に隠れた。

（こんな時間に誰？）

古い扉がギシギシと音を立てて開き、ランプを持った人影が入ってきた。

マリーだ。

子どもを産んでからも相変わらず妖精のような可憐さで、それでいて母としての慈愛と大人の雰囲気もまとった彼女は、さらに美しくなった気がする。

しかしいつもの朗らかな様子とは違い、今のマリーは不安そうにあたりをせわしなく眺め、誰もいないことを確認しているようだった。

やがて、手元のランプだけを頼りに奥の窓辺に小走りで駆け寄っていく。

細い腕で、静かに窓を開けた。

月明かりを背景に、窓からぬっと人影が現れたので、ルクレツィアは悲鳴を上げそうになった。慌てて自分の口を押さえる。

人影はひらりと室内に入り込み、静かに窓を閉めた。

若い男である。

顔を見ながらルクレツィアは自分の記憶を引っ張り出し、その人物が王を護衛する近衛兵の一人であると確信した。

（ブリュール少尉……何故こんなところに）

ブリュールは金髪碧眼の美青年で、王宮の侍女たちの間では大変な人気だ。すらりと均整の取れた長身で、常に華やかな空気をまとっている彼が軍服姿で颯爽と歩く姿は、確かに惹(ひ)きつけられるものがあって、ルクレツィアも遠目ながら見惚(みほ)れたことがあった。

彼の波打った金髪が、闇の中でマリーのランプに照らされて赤銅(しゃくどう)色に見えた。どこか悩ましげな表情の彼は、おもむろに、マリーの細い体を抱きしめた。

「マリー様、会いたかった！」

「私もです、オスカー！」

姓でなく彼の名前を呼んで、マリーも彼の体にその両腕を回す。

二人は熱く口づけを交わし始めた。

（……！　うそ……！）

互いに愛を囁(ささや)きながら、二人は備え付けのカウチに身を横たえて、衣服をはぎ取っていく。

そこから何が行われるのかは見なくてもわかったので、ルクレツィアは目を背けた。悲鳴を上げないよう震える両手で口を押さえながら、本棚の裏で身を固くする。

（なんてこと……なんてことなの……）

血の気が引いた。

先ほどシメオンに受けた屈辱のことは、この新たな衝撃でどこかへ吹き飛んでしまった。

やがてマリーの切なげな喘(あえ)ぎ声が聞こえてきて、今度は両手で口ではなく耳をふさいだ。

永遠にも思える時間だった。

　やがて、事が終わったのか静寂が訪れ、ルクレツィアは本棚の陰から様子を窺った。

「毎日こうして会えたらいいのに……」

　半裸のブリュールが、切なげにマリーを抱きしめているのがわかる。

　マリーは悲しげに、彼の腕を撫でた。

「陛下が私を訪ねない日を作るのは難しいのよ、オスカー。今日も具合が悪いと言ったら見舞いに来ると仰って、お断りするのが大変だったわ」

「いっそのこと、二人で逃げませんか」

　マリーが驚いて彼の顔を見上げる。

「本気で言っているの？」

「もちろんです、マリー様！　私に任せていただければ、すべて手配いたします。あなたが陛下の腕に抱かれていると思うと、私は……」

「……だめよ、陛下には今でも感謝しているの。裏切ることはできないわ」

「マリー様……」

「でも、愛しているのはあなただけよ。それはどうか、信じて……」

　二人はしばらくそうして抱き合っていたが、やがてマリーが「そろそろ戻らないと」と言うとそそくさと身支度《みじたく》をして、ブリュールは窓から去っていった。

マリーは窓辺でいつまでも彼を見送り、しばらくその場から動かないでいる。

（彼を愛しているって？　陛下からあれほど愛されておきながら？　世継ぎも産んで？　いったいこれ以上、どれだけのものを手に入れ続けるつもりなの、マリー！）

段々と怒りに体が震えだすのがわかった。

このことをシメオンに伝えようか、と思った。

そうすればマリーへの寵愛《ちょうあい》も終わるはずだ。そうしたら、正妃であるルクレツィアをもう少し重視してくれるかもしれない。

しかし、と思った。

本当にそうなるだろうか。シメオンはきっと、ブリュールだけを処罰してマリーのことは許すのではないだろうか。王子の母である彼女の立場を、シメオンは悪くしたいとは思わないだろうから。

そうなればますます、マリーは何をしても許される存在として内外に名を轟《とどろ》かせてしまう。そしていずれは、国王の母だ。

とはいえこの裏切りを目撃して、許せるほどルクレツィアは心が広くはない。

（どうしたらいいの）

膝を抱えたまま、ルクレツィアはその場から動けなかった。

と、視界の端に、自分のものではないドレスの裳裾が見えて、体を硬直させた。

マリーがすぐそばに立っていたのだ。

いつもの花のような笑顔はなく、動揺しているようだった。

「……マリー……」

「……ずっとここにいらっしゃったんですか、王妃様」

「……ここに、いたら、あなたたちが、入ってきて……出て、いけなくて……見る、つもりは……」

ルクレツィアは突然のことに狼狽して、いざとなったら威厳ある態度などまったく出てこなかった。

(何を言っているの私は……王妃として、ここはしっかりと、糾弾すべきよ……)

すると真っ青な顔をしたマリーは、肩を震わせてぽろぽろと美しい涙を流し始めた。

「ど、どうか、どうか陛下にはおっしゃらないで……お願いです……後生ですから……陛下を傷つけたくはないのです……王妃様にも不忠を働くつもりでは……」

「何を言っているの、マリー！　あなた、これが陛下だけではなく、国家に対する裏切り行為であるということが……」

「もちろんです、わたくしが悪いのです！」

両手を握りしめ、マリーは泣きながらルクレツィアに縋りつく。

「ですが、わたくしは、彼を愛してしまったんです……どうしようもないくらいに！　この想いをどうすることもできないのです！　陛下のことは今でもお慕いしております。でも、オスカーへの想いは、陛下とは全く違うのです……」

水晶のような涙を流しながら哀願するマリーは、どこまでも美しく可憐だった。

美しい人は泣き顔も美しいのだな、とルクレツィアは怒りも忘れて感心させられた。

「マリー、まさか、子どもの父親は……」

マリーが弾かれたように体を震わせた。

「いいえ、いいえ違います！　あの子は陛下の御子です！　信じてください！」

「……でもあなた、今後もし身ごもったとして、それが陛下の子であると断言できるの？」

「王妃様も女ならおわかりになるでしょう？　どうしようもなく愛する人がいて、その人の手を振りほどけますか？　どうか、どうか何も言わず、助けてください王妃様！　わたくしのために、陛下を傷つけたくはないのです！」

ルクレツィアは、段々と呆れてきた。

（この子、本当に自分のしていることがわかっているの……？）

自分が悪いと言いながら不義の想いを正当化しつつ、シメオンには黙っていろと要求しているのだ。

図太いとしか言いようがなかった。

「……マリー、今あなたは混乱しています。部屋に戻りなさい。このことはまた後でお話ししましょう」

「ですが王妃様……！」

「大丈夫です。少なくとも今すぐに陛下にお話しするようなことはしません。まずはあなたが落ち着かなくては」

「本当ですか。本当に陛下には……」

「ええ、約束します。さあ、戻ってお休みなさい」

マリーの肩を抱くようにして、扉へと促す。

マリーは涙をぬぐいながら、何度も何度も不安そうにルクレツィアを振り返りながら、書庫を後にした。

（陛下にお話ししたところで、私の嫉妬（しっと）による作り話と言われかねないわ……確実な証拠もなしに迂闊（うかつ）なことはできない。どうしたらいいのか……）

書庫を出たルクレツィアは、空に浮かぶ満月を仰(あお)ぎ見た。

（こうしたことをうまく処理するのも王妃としての役割……かしら。ヴィルヘルミーネ王妃ならどうするのだろう……誰か教えてほしい、最善の策を……）


それから数日後のことだった。

結局、マリーとブリュールのことは、シメオンには伝えられずにいた。伝えようにも、どう話せばよいのかわからなかったのだ。

マリーはあれ以来体調が優れないといって別宮に籠(こ)もっているようで、会っていない。シメオンのお供をしているブリュールを何度か見かけたが、特段ルクレツィアに関心はなさそうで、マリーは彼に何も言っていないようだった。

どうしたらよいかわからず、その日もルクレツィアは悶々(もんもん)としながら寝台に入ろうとしていた。

ランプの灯を消そうと手を伸ばしたとき、突然侍女(じじょ)が一人、部屋に入ってきた。

「失礼いたします、王妃様」

急ぎの知らせでもあるのだろうか、とルクレツィアは不思議に思った。

「どうしたの？」

尋ねても侍女は顔を伏せたままだ。

しんと部屋が静まる。ルクレツィアは不安になった。

（こんな侍女、いたかしら……）

見覚えがない。

嫌な予感がして、ルクレツィアは身構えた。

すると、侍女が突然その場に膝をついて頭を垂れた。

「……お許しください、王妃様。わたくしは、王妃様付き医務官ブラント様の下で、助手を務めておりますクラウス・フリッツと申します」

そう言って地面に頭を擦り付けるように身をかがめていた侍女が顔を上げると、そこにあったのは少年とはいえ男の顔だった。

悲鳴を上げそうになる。が、声が出なかった。

夜更けに女性の部屋に男がいるなど、とんでもないことだ。

しかもルクレツィアは寝間着で、これは通常男性に見せることは決してない。あるとすれば夫だけだ。思わず肩からかけていたショールを胸元でかき寄せた。

「ご無礼は重々承知でございます。しかしどうしても王妃様にお伝えしたいことがあり、このような恰好で伺いました。どうか、わたくしの話を聞いていただきたいのです」

クラウスと名乗った少年は、あくまで落ち着き払っていた。

しかしルクレツィアは漠然と、彼が実際にはとても焦っており、また必死である気がした。

静かに深呼吸して、椅子に腰かける。

王妃の健康状態は、日々管理されている。それを司るのが専任の医務官だ。定期的な往診があり、必要があれば薬が処方された。

「……何度か、わたくしの往診の時に会っていますね。ブラントの後ろに付いていたのを覚えています」

クラウスは頭を下げた。

「はい。王妃様へお出しする薬の調剤などを担当しております」
十五、六歳だろうか。ルクレツィアはよくよく観察してみた。
少年から青年へと移行しようという年頃であろうクラウスは、侍女の恰好にそれほど違和感がない。だからこそここまで誰にも露見せず入ってこられたのだろう。

しかしよく見れば、結い上げられた黒髪の下にある冴え冴えと整った顔立ちは、間違いなく男のものだし、そこには年若いながら深い教養と知性が感じられた。

「……よいでしょう、クラウス。話とはどのようなものですか」

促され、クラウスはほっとしたように息をついた。そうして切れ長の青い瞳をルクレツィアに向けると、膝をついたまま話し始めた。

「昨夜、ある男がわたくしのもとにやってきました。彼はある毒物をわたくしに渡し、王妃様にお出しする薬に混ぜるよう言いました」

「……毒？」

ルクレツィアは喉がひゅっと鳴るのを感じた。

「そうです。そしてその毒物を王妃様に飲ませなければ、わたくしの母が死ぬことになると。母は長い間、病を患っております。わたくしが王宮務めをすることになり、ようやく王立病院へ入ることができ、快方に向かっているところです。その母を、病気に見せかけて殺すことは容易い、とその男は言いました」

しかし、とクラウスは口調を強めた。

「わたくしも医術を施す者でございます。患者の口に、害となるものを入れるわけにはまいりません。王妃様のお命を狙うとなると、これはただ事ではないでしょう。どなたにお伝えするのが最善かを考え、王妃様ご本人にお伝えするべきだと判断いたしました」

沈黙が降りた。

ルクレツィアは、体が震えるのを感じた。

誰かが、自分を殺そうとしている。

「……クラウス、このことはほかには誰にも話していませんね？」

「はい、王妃様」

「よく、危険を冒して来てくれました。脅しに屈せず、医術を行う者としての志を貫いたそなたの信念ほど、崇高なものはありません。感謝します」

椅子から立ち上がり、クラウスに歩み寄った。

「本当にありがとう。立ってください。あなたのおかげでわたくしは命を救われました。お母様のことはわたくしにお任せなさい。姓をフリッツ……と言いましたね。エルザ・フリッツさんがあなたのお母様かしら？」

クラウスは驚いてルクレツィアを見返した。

「母をご存じですか？」

「病院への慰問の際に、お話ししたことがあります。息子さんのことを大変誇りに思っていました。わたくしも、あなたのような若者がこの国にいることを、誇りに思います。しかしクラウス、あなたは今すぐに都を出る必要があります。私が薬を飲まないことを知れば、あなたもお母様も危険です。私が手はずを整えます」

「……王妃様、ありがとうございます」

　クラウスは唇を噛みしめて頭を下げた。

「クラウス、ひとつ聞かせてください。そなたに毒を盛るよう指示した男は、誰ですか？　見知った者でしたか？」

（私を殺したいほど憎む者がいるだろうか……こんな、いてもいなくてもいいような女を）

　するとクラウスは、少し考え込むように言った。

「はい、わたくしはその者を知っています。しかし何故彼がそんなことを指示するのか、今でも不可解です。おそらく彼も誰かの指示で動いているのではないかと思うのですが」

「それは誰です？」

「近衛隊の、ブリュール少尉です」

（……マリーだ）

　ルクレツィアは、胸のあたりがどす黒く沈んでいくのを感じた。

（マリーがブリュールに話したんだわ。私に見られたことを。そして陛下に伝わることを恐れて、私を……）

　心臓がどくどくと音を立てる。

ふらりと倒れそうになるルクレッツィアを、クラウスが慌てて支えた。

「王妃様、しっかりなさってください！」

「……大丈夫です、ありがとう、少しめまいが……」

クラウスは医術の覚えのある者らしく、さっと寝台へルクレッツィアを横たえるとてきぱきと介抱してくれた。

「どうぞこのまま安静になさってください。わたくしがこのようなことをお話ししたために、本当に申し訳ございません」

少年は本当に申し訳なさそうな苦しげな表情を浮かべていたので、ルクレッツィアは泣きたくなった。

「何を言うの、クラウス。謝らなくてはいけないのはこちらのほうなのよ。わたくしが至らないばかりに、何の関係もないあなたとあなたのお母様を危険にさらしたわ。本当に、ごめんなさい……」

（本当にごめんなさい。こんな王妃で……民を守るどころか、追いつめてしまった……）

クラウスを退室させると、ルクレッツィアは手紙を書き始めた。彼女の力の及ぶ範囲で、なんとかあの親子を逃がさなくてはならない。

王宮内ではマリーの前に屈してはいても、名家出身の彼女には、国中につてがあるのだ。

（……そうよ、侮(あなど)ってもらっては困るわ。これは私が自分で得た力ではないけれど、それでもこんな時くらいは思うように使うべき力だわ）


マリーの別宮には、華麗(かれい)な庭園が広がっている。

四季折々で楽しめるよう様々な花が配置されており、その様子はマリーを表すように可憐(かれん)で愛らしい造りだ。

王子を連れて庭園を散策しているマリーの姿は、幸福を絵に描いたようで、ルクレツィアは羨望(せんぼう)を感じた。

「マリー、ご機嫌はいかがですか。具合が悪いと聞いていましたが」

声をかけると、マリーは一瞬表情を凍らせた。

しかし次の瞬間には、いつも通りの花のほころぶような笑顔を浮かべる。

「まぁ王妃様。ありがとうございます。もうすっかりいいのです」

「それはよかった。少し散策しませんか」

「ええ、もちろん」

侍女(じじょ)に王子を預けると、二人はゆっくりと歩き始めた。すると、小さく嗚咽(おえつ)が聞こえてきた。

「お、王妃様、怒っておいでですか？　も、もちろん、当然でございます……わたくし、オスカーに王妃様に見られたと話したのです……不安で、どうしようもなくて……そうしたらオスカーがあのようなことを……わたくしは知らなかったのでございます、本当です！　王妃様に、危害を加えるなんてそんなこと……！　王妃様は誰よりわたくしに親切にしてくださった方ですのに……本当に、申し訳ございません……！」

ぽろぽろと、相変わらず美しい真珠のような涙で頬を濡らすマリーの顔を見て、ルクレツィアはなんとはなしに悟った。

（ああ……この子は、ただ、あまり頭がよくないのだ……）

彼女が素直で純粋であることは間違いなかった。それはここ数年の付き合いでわかっている。今回の暗殺未遂も、知らなかったというのは本当だろうと思えた。こんな演技ができるほど器用ではないだろう。それほど、マリーは素朴な庶民の娘だった。

しかしそれが、厄介で手ごわい。

悪意がないからこそ、どう対応するかが難しい。そう思った。

「マリー、もうよいのです。ブリュールにも伝えてください。陛下にお伝えする気はないと」

「王妃様……」

「あなたはわたくしの妹のようなものです。あなたと陛下が不幸せになるようなことは、いたしませんよ」

「王妃様……ありがとうございます！　ありがとうございます！」

マリーは泣きじゃくってルクレツィアに抱き付いた。

（この子の扱いは、おそらくこれまで通りこれが正解なのだわ……あくまで味方の姿勢を貫いて、信用させること。そうすればこちらの思った通りにも動かせる……）

しかしマリーを信用させることができても、ブリュールはそうはいかないだろう。

そう考えてルクレツィアは、ここでも実家の力を総動員した。

ブリュールの家は貧しい下級貴族で、彼はその三男だ。ルクレツィアの一族が金銭的支援をすることを条件に、オスカーには条件のよい縁談を持ちかけてある。ブリュール家の当主はすっかり乗り気だし、オスカーもどうやらこの良縁を悪くないと思っているようだ。果たしてマリーへの想いはどれほどだったのか疑われること甚だしいが、ともかく結婚が済めば、都からは遠い領地で暮らすことになるだろう。

「さあマリー、泣くのはおやめなさい。王子の前ではいつもの笑顔を見せてあげてくださいね。陛下もわたくしも、みんなあなたの笑顔に癒やされているのですよ」

「はい……はい、王妃様」

涙を拭ってやると、マリーはいつも通りの笑顔を見せた。

その時、可憐な薄紅の花の向こうから、ルクレツィア付の侍女が慌てたように駆けてくるのが見えた。

「王妃様、大変でございます！」

「騒がしいわ。どうしたというの？」

侍女は蒼白な顔をして、呼吸を整えた。

「エインズレイ国の軍勢が、国境を突破して攻め込んできたそうでございます。すでに国境付近の城はすべて制圧されて、今も都を目指して進軍を続けております！」

3

あっけないほどに、いくつもの城が落ち、エインズレイ軍は進軍から一か月で王宮のある首都オイゲンにたどり着いた。

もともと、百年ほど前から領土問題で小競（こぜ）り合いの続いていたアウガルテンとエインズレイだったが、近年は膠着（こうちゃく）状態が続いていた。これほど大規模な侵攻は初めてのことで、対抗する軍事力の用意がなかったアウガルテン側はひたすら籠城（ろうじょう）するしかなく、それも補給路を断たれれば終わりだった。

各拠点の城は、次々に攻略されていった。

エインズレイ軍はここ十年ほど、他国との戦争で勝ち抜き、軍隊の力は大陸で一、二を争う強国となっていたが、今回これほどアウガルテンが大敗を喫（きっ）したのには別の理由もあった。

エインズレイはアウガルテン国内の有力諸侯（しょこう）に予（あらかじ）め手を回し、領地の安堵（あんど）を約束して内部からの協力者を得ていたのだ。こうした有力な貴族に追随する者も現れ、エインズレイ軍を推し進める波はどんどん加速していった。

都であるオイゲンは高い城壁に囲われてはいたが、もはや抵抗する兵力もない。都を包囲したエインズレイ軍は、ただ待っていればよかった。


（本当に、私はろくな王妃ではなかったのだわ。こんな事態になるまで、国が滅ぶまで、何も気づかないでのうのうと暮らしていたなんて……）

慌ただしく動き回る侍女や従者たちを眺めながら、ルクレツィアは茫然とした思いで一人長椅子に腰かけていた。

だれもが荷物をまとめて、逃げ出す準備をしている。

もはや、都が制圧されるのも時間の問題だということは明らかだ。

「何をしているのルクレツィア、逃げるのです！」

大量の宝石やドレスを手放したくないグレーティアが、すべてを侍女たちに持たせ、その足でルクレツィアの部屋にやってきた。

「まだ何の支度もしていないの？　明日にもエインズレイの兵士たちがこの王宮を蹂躙し

ようというのに！」

「……叔母様、どうぞ先にお逃げください。わたくしは残ります」

「残るですって！　何を言っているの⁉」

「わたくしは、この国の王妃です。最後までその責任をまっとうしたいのです」

グレーティアは、理解不能だというように頭を振った。

「お前、やつらに嬲り殺しにされたいの？」

「叔母様には感謝しております。わたくしをここまで引き立ててくださいました。どうか、ご無事で逃れられることを祈っております」

まだ何か言おうとしたグレーティアを、侍女が呼んだ。

「皇太后様、お急ぎください！　準備した馬車が……」

侍女の顔とルクレツィアの顔を交互に眺め、やがてグレーティアは諦めたように部屋を後にした。

叔母と入れ替わるように、国王付の侍従が一人飛び込んできた。

「王妃様」

「……陛下からのお言葉ですか？」

この事態に、シメオンはただ傍観するのみで、何ら手を打つことはできなかった。

都が包囲されてからは、なす術もなく部屋に閉じこもっている。彼が指示のひとつも出さないから、こうして誰もが勝手に逃げ出す有様だ。

そんなシメオンも、さすがに降伏することを決意したのか、と思った。

しかし侍従は、体を震わせながら首を振った。

「……へ、陛下は……先ほど、ご自害なさいました……」

ルクレツィアは思わず目を瞑った。

(ああ、そんな気がしていた……)

残念ながら、悲しいとかつらいとか、そんな気持ちはさっぱり湧いてこない。

自分が国王だと言いながら、国王としての責務を割り切ってまっとうできない夫だ。こんな最悪の事態に対応できるとは思えなかった。しかし。

(最後くらい、王として立派な姿を見せてほしかった……)

嘆息すると、ルクレツィアは目を開いた。

「陛下のご遺体はどちらに? 案内なさい」

「は、はい……」

侍従に案内されたのは、シメオンの書斎でも居室でもなかった。

マリーの別宮に入ったルクレツィアは、しばらく言葉を発さなかった。

寝台の上で、胸を血で濡らして絶命したマリーがいた。首筋を切られた幼い王子が、人形のようにその傍らに横たわっている。

二人を殺した後に自害したと思われるシメオンは、寝台の下に座り込むように、自分の喉(のど)を突いて絶命していた。

「もはや……もはやこの国は終わりでございます……」

侍従が涙ながらに膝をつく。

じっと三人の亡骸(なきがら)を見つめていたルクレツィアは、泣く気にもなれなかった。

「最後の最後まで、わたくしはのけ者ですか……」

ぽつりとつぶやいたルクレツィアを、侍従は泣きながら怪訝(けげん)な顔で見た。

(死後の世界の伴(とも)にすら、私は選ばれなかった……)

天井を仰(あお)ぎ見るように虚(うつ)ろに目を見開いたマリーの遺体を眺めながら、彼女はシメオンに抵抗したのだろうかと考えた。それとも、喜んでお供します、とでも涙ながらに言ったのだろうか。あれほど透き通って美しかった菫(すみれ)色の瞳は淀(よど)んでいた。

どちらにしてもシメオンは、愛する者と果てることができて満足なのだろう。

彼の血の気のない顔は、穏やかな表情をしていた。

(どこまでも、私をないがしろになさるのですね、陛下……)

しばらく、じっと三人の亡骸の前から動くことができなかった。

どれほどそうしていたのか、ふと人の気配に振り返る。

先ほどの侍従と、そのほか数名の侍女や兵士などが、ルクレツィアに向かって膝をついていた。いずれも、それほど地位の高い者たちではなさそうだった。要職についていた者たちから先に逃げ出したらしい。

「王妃様、都の城門はまだ開いておりませんが、エインズレイ軍から幾度も開門の催促がされております。いかがいたしましょうか」

「王妃様、王家に伝わる美術品が、地下倉庫に大量にございます。このままでは敵に略奪されてしまうかと……」

「王妃様、民たちの多くが逃げ出そうと、城下では混乱が生じており……」

彼らは口々に話し始める。

そこでようやくルクレツィアは、今この場で命令を下すことのできる地位のある人間が、王の妻たる自分だけなのだということに気づいた。

国王が崩御し、世継ぎもいない今、この王宮の主はルクレツィアだ。

（私が判断するというの……？　この国の、最期を……）

しばらく、頭が真っ白になった。

途方もない重圧だった。

政治経験も、外交経験もまるでないのだ。

しかしやがて、不思議と気持ちが、波風ひとつ立たず静かになるのを感じた。

（このために、ここにいたのだろうか、私は……価値のない五年は、ここに至るまでのただの過程だったのだろうか……）

「……城門を開けなさい。エインズレイ軍の指揮官を、王宮へ丁重に迎えるのです。降伏の意志を伝えなさい。抵抗は一切しないように」

兵士が数名、その言葉に従って外へ出ていく。

残った侍女や侍従を見回して、ルクレツィアは言った。

「お前たちは逃げなさい。王宮内にあるものは好きに持っていってよい。無事を祈ります」

互いに、どうするか、というような視線を交わしあい、彼らは一人、二人と散っていった。ここで、「最後までお供します！」というような忠臣がいればよかったのだが、残念ながらそんな者は現れなかった。

ただ、残った者はわずかにいた。

侍女が一名、侍従が二名。

共通するのは、いずれも高齢ということだ。

「……お前たちは、逃げないの？」

ルクレツィアが尋ねると、侍従の一人が言った。

「わたくしは十五の時から王宮に仕えてまいりました。ほかに行く場所などございません」

「わたくしも、老い先短い身でございます。どうぞ何かにお使いください」

「……わかりました。では、エインズレイ軍の指揮官を迎える支度を。もうすっかり王宮中が荒れているようだけど、謁見の間だけは最低限整えて。わたくしはそこで彼らを迎えます」

そう言ってルクレツィアは自室に戻り、衣服を着替えた。

（殺されるだろうか……でも、何もせずに殺されるわけにはいかない。今のところ、ほとんどが戦もせずに降伏していると聞いた。国の損害は少ないわ。このまま最小限に抑えるために動かなくては……国が併合されたとしても、民たちの生活は続くのだから）

ルクレツィアは身なりを整えながら、王妃教育で学んだ近隣諸国の知識と、昨今実家を通して聞いていた各国の事情を、懸命に頭の中から引っ張り出した。

（今やらなくてどうするの。ここで無意味な死を遂げたら、それこそ私は一体何のために

存在したのか、わからなくなってしまうわ）

メルヴィンは、開き始めた城門を感慨深げに見守っていた。

青空の下、さわやかな風が吹いている。

彼の鳶色の髪がそよそよとなびいた。

首都オイゲンを取り囲んで数日。ついに降伏宣言が出た。

一か月であっという間にひとつの国を平らげたことに、誰もが快哉を叫んでいる。それは自国エインズレイの者だけでなく、このアウガルテン王国の者たちも含めてだ。共に兵を進め、案内役を務めたアウガルテン側の協力者たちが、天に拳を突き上げているのを、メルヴィンは複雑な気持ちで眺めた。

（己の国を売り渡すことに、何も感じないのだろうか。自分の領地さえよければ、それでいいのか……）

エインズレイ人であるメルヴィンにとって、当然これは都合のいい状況だった。

しかし他国のこととはいえ、この有様を見るとなんともいえない気分になる。

メルヴィンは馬の腹を軽く蹴り、軍勢の先頭に立つ父の元へ駆け寄った。メルヴィンの顔を見ると、父は「一緒に来い」と言った。

「王宮から使者が来ている。我々を迎え入れる準備があるそうだ」

メルヴィンの父であり、今回の全軍指揮官であるエインズレイ国の皇太子アルバーンは、年季の入った重厚な灰色の甲冑を身にまとっていた。

眉間の皺は深かったが、それはいつものことで、決して機嫌が悪いわけではない。若いころは国中の娘が夢中になったというが、四十歳を越えた今でも十分に魅力的な容姿をしている。

戦場において彼の右に出るものはなかったし、エインズレイがここ十年で近隣諸国を併合し、大陸における強国のひとつにのし上がったのも、ひとえに彼の力によるものだ。

「わかりました、父上」

「兵士たちには、決して都の民に危害を加えぬよう、また、略奪も禁止だと、再度通達しろ。我が軍であれば当然のことだが、アウガルテンの諸侯の軍は、目を離すとすぐに浅ましい真似をする」

「国王シメオンは私とは同年代だそうですが、あまりいい噂は聞きませんね」

「寵姫にうつつを抜かして国庫を困窮させ、優柔不断で政治能力にも欠ける、というのが聞こえてくる話だな。お前も後学のためによく見ておけ。自己研鑽と義務を怠る者がどのような末路を迎えるかを。君主は常に、厳しい目に晒されるものだ」

「いやですねぇ、私はいつも自己研鑽を怠りませんし、義務を果たしていますよ」

「お前は器用さばかりが先に立つ。もう少し泥臭く努力をしてみろ」

自分自身に厳しい父らしい言い方だ、とメルヴィンは笑って肩をすくめてみせた。

（王と言っても人だ。完璧でいられるはずがない。好きな女にうつつを抜かすこともあるだろうし、判断に迷うこともあるだろう……。もちろん、いささか度を越したからこんな事態になったのだろうが）

アルバーンとメルヴィン、協力したアウガルテンの諸侯たち、そしてそれぞれの護衛の兵士たちも合わせて約三十名が案内された王宮は、三百年続く王家のものに相応しく荘厳なものではあったが、いかんせん荒れていた。

王宮の住人たちは、逃げ出す時に王宮内のあらゆるものを持ち去ったらしい。

壁には、かけられていただろう絵の額縁の形をした日焼け跡が寒々しく残っているし、割れた壺は散乱し、絹のカーテンは破れていた。

やがて通されたのは、謁見のための部屋だろうと推測できた。

だだっ広い長方形の部屋には、奥に向かって両側にいくつも椅子が並んでいる。突き当たりには豪奢な椅子が二つ。国王夫妻のためのものだろう。

高い天窓から光が差し込む造りで、その光に大理石の床が湖のような輝きを放っていた。

二つの椅子には、座る者がなかった。

しかしその傍らに、小さな人影が佇んでいる。

（女だ……）

まだ若く、二十歳くらいだろうか。

小柄な体に、豪奢であっても決して華美ではない黒地に銀の刺繍が施された礼服をまとっている。

刺繍の模様はアウガルテン王家の紋章である椿を模したもので、王家の女性であり、相当に高い身分であることが窺えた。

その女性はメルヴィンたちをゆっくりと眺めると、アルバーンに目をとめた。

彼が指揮官であり、最も位が高いということを見極めたのか、アルバーンに向かって礼をとった。

「お初にお目にかかります。わたくしはルクレツィア・アーデルハイト・エルヴィーラ・バルシュミーデ。アウガルテン王国の王妃として、皆様をお迎えいたします」

実に堂々とした態度だったので、メルヴィンは興味を惹かれて彼女をよく観察してみた。

茶色の髪は装飾的なものを一切排してきっちりと結い上げられており、彼女の性格が表れているように思われた。そこに涙型のダイヤモンドがいくつも下がった冠が逆に映えている。メルヴィンは知らなかったが、それは王妃の証として代々受け継がれたもので、彼女の身に着ける宝飾品はそのひとつのみだった。

美しい人だ、とメルヴィンは思った。

華やかな美女というわけではなかった。しかし、背筋をぴんと伸ばし堂々とひとり佇む彼女の姿は、どこまでも清廉で高貴だ。メルヴィンよりも年下の、今まさに国が滅ぶという場面に立ち会う若い王妃からにじみ出る威厳が、湖に浮かぶ波紋のように部屋中に広がった気がした。

アルバーンが前に進み出る。

「私はエインズレイ皇太子アルバーン・セドリック・バルフォア。エインズレイ国王の名代として、この度の遠征軍の最高指揮官の任を賜っております。国王シメオン陛下にお会いしたい」

ルクレツィアはぐっと顎を引いた。

「国王陛下は、先ほどすべての責を負い、ご自害なさいました」

アルバーンが眉をひそめる。これまで敗戦国の王が逃げることはあっても、自ら命を絶つことはあまりなかった。打ち負かした国の王に対しては、権力を奪いはしても命までは取らないのが彼のやり方だったし、それによって新たに併合した国の民の心を掴むことに成功してきたのだ。

「王子も共に命を絶ち、アウガルテン王家の直系はこれで断絶いたしました。人手もないので、恐れながらご遺体はそのままにしてあります。ご確認されたければ別宮へおいでくださいませ」

　その言葉から、夫が死んだという嘆きはあまり感じられなかった。

　当然か、とメルヴィンは思った。シメオンは側室を寵愛して王妃には目もくれなかったと聞いている。彼女からしても、愛情を持つ相手にはなり得なかっただろう。

　アルバーンは確認のため遺体を運んでくるよう、部下を何人か別宮へ向かわせた。

　ルクレツィアは、アルバーンの後方にいる何人かの諸侯に目をやった。それはアウガルテン王国の貴族でありながら、エインズレイと手を結んだ諸侯だ。

「ブランケンハイム卿、コースフェルト卿、クルマン卿、お久しぶりですね。このような場であなた方とお会いすることになるとは、大変残念に思います」

　名を呼ばれた者たちが目線を交わしあう。ブランケンハイム侯爵が悪びれもせず前に進み出た。

「王妃様、おひさしゅうございます」

「あなた方が陛下のご遺体を確認されるのがよろしいでしょう。国を売り、その結果死に追いやった自分たちの君主の顔を、よく覚えておくがよろしい」

　静かで落ち着いた口調ではあったが、その言葉には非難の色が強い。しかしブランケンハイム侯爵はうっすら笑みを浮かべて、子どもをいなすように答えた。

「王妃様、我々は決して私欲でここにいるわけではございません。すべては国の行く末を思えばこそ。恐れながらシメオン陛下は、君主としての器（うつわ）ではございませんでした」

「それを支えるのが、そなたたちの役目でした」

「国を売ったなどというのは、とんでもない思い違いでございます。英邁（えいまい）なるエインズレイ国王は、アウガルテン諸侯による自治を認めてくださいました。国内はエインズレイという盟友を得て、今後ますます発展していくことでしょう」

　ルクレツィアはブランケンハイム侯爵の顔に冷たい一瞥（いちべつ）を投げた。彼の言葉に何の感銘（かんめい）も受けていないことが明らかだ。そんな都合のいい話があるわけがない、という顔をしている。それでいて、自国の崩壊に憤（いきどお）って激高するわけでもなく、ひどく落ち着いて見える。

（もうあきらめているのだ。彼女はわかっている、これがこの国の終わりだと……）

　覚悟した想いが、彼女の居住まいからは伝わってきた。

　やがて布でくるまれたシメオンの遺体が運ばれてきて、それが間違いなくアウガルテン国王であることが確認された。

ルクレツィアは静かに進み出ると、アルバーンの前に立ち、挑むように彼の目を見据えた。

「アルバーン殿下、王宮はすみやかに明け渡します。国王陛下と、幼い王子の命に免じて、王宮から逃げる者たちの命を、どうかお助けくださいませ。そして都の、この国全土の民には、どうか温情をかけていただきたいのです。彼らには何の咎もございません。至らぬ王と、至らぬ王妃がこのような事態を招いたのでございます。エインズレイ国では、民は皆豊かで、王家は国中の尊敬を集めていると聞き及んでおります。どうかアウガルテンの民のことを、支配国の奴隷ではなく、自国の民と同じよう慈しんでいただきとうございます」

ここで初めて、ルクレツィアは膝を折り、アルバーンへ頭を垂れた。

「わたくしの命で贖えるものがございましたら、すぐに差し出しましょう。この国の王妃、この国の母として、伏してお願いいたします。どうか我が子をお救いください」

夜になり、兵士たちには酒が配られた。

勝利を祝う宴で王宮は騒がしい。楽しげな笑い声がそこここから響いた。指揮官として宴の中心にいたアルバーンだったが、酒には強いので顔色は一向に変わっていなかった。

「メルヴィン、此度はよくやった。お前の働きがなければ、百年続いたアウガルテンとの因縁も、これほど早期には終わりが見えなかったであろう」

そう言って、メルヴィンの杯に酒を注ぐ。

「諸侯を籠絡した手際は見事であった。だがお前は少し賢しすぎる。次は戦場でも武功をあげろ。それでこそ私の跡継ぎとして皆を納得させられる。エインズレイ宮廷内では、お前は陰湿な手口が得意だと嫌みを言われているぞ」

メルヴィンは苦笑した。

「叔父上ですか。あの人は父上に関することならなんだって悪く言うんですから、仕方ありません。それに、犠牲を出さずに、そして莫大な軍事費をかけずに国をひとつ落とすことのどこが陰湿なんでしょうね。効率的と言っていただきたい」

「……国王陛下も、もう長くはないだろう。お前が皇太子となる日も近いのだ。しっかり頼むぞ」

「わかっております」

「国に戻ったら、お前の縁談もまとめねばならんな。お前ももう二十四だ。私が二十四の頃には、もうお前が生まれていたぞ」

「縁談ですか……」

　メルヴィンは眉を寄せた。

「母上が適当な娘を選ばれるのでしょうね。我々の後ろ盾として有利となる家柄の」

「不満か？　好きな娘でもいるのか」

　息子の顔を眺めながら、アルバーンは自分の顎を指で撫でた。

「そういうわけではありませんが……ルクレツィア王妃を見ると、気が進みません」

「ルクレツィア王妃か。シメオンは側室に夢中で彼女を見向きもしなかったというから、肩身の狭い思いをしてきたであろうな」

「もちろん私は、どんな娘であろうが妃として娶ったからには大事にはしますけどね。……あの王妃をどうするおつもりですか、父上」

　メルヴィンが父に酒を注ぎながら尋ねる。

　ルクレツィアの身柄はエインズレイ軍によって拘束され、王宮の一室に軟禁されている。

　王宮はエインズレイ軍が制圧したが、逃げ出す者たちに対して略奪や乱暴を行うことはなかった。

アルバーンは杯を傾けて一気に飲み干した。

「あの歳で、天晴れな娘だ。この私に物怖じひとつしなかった」

「気に入られたようですね」

「他国ながらよい王妃を持ったものだ。それにバルシュミーデ家はこの国では一、二を争う有力貴族だ。遡れば王家の血も入っているらしい。その家の出身である彼女の影響力はまだ強いだろう……ともかく使い道がありそうだ」

「……そうですか」

「お前の妃にも、あのように気概のある娘を選びたいものだな」

やがて将軍たちがアルバーンを取り囲んで楽しげに話し始めたので、メルヴィンはそっと席を立って宴を抜け出した。

外に出て空を見上げると、よく晴れた空にいくつもの星が瞬いて見える。

回廊や庭園のあちこちで、兵士たちが座り込んで笑いながら酒に酔いしれていた。愉快そうな彼らを横目に進み、たどり着いたのはルクレツィアのいる部屋だった。

アルバーンは高貴な身分である彼女をできるだけ丁重に扱ったが、もうこの国の王はなく、したがって王妃ではなくなった彼女を、王妃の部屋には戻さなかった。今彼女がいるのは、客室のひとつと思われる寝室だ。

扉の前に立つ見張りの兵士が二人、メルヴィンに気づいて敬礼をする。

「ご苦労。済まないな、みんな宴で楽しんでいるというのに」

「いえっ、殿下。そのようなお言葉、もったいのうございます！」

「様子は？」

「はい、大人しくしております。食事もとっておりますし、自害するようなそぶりもありません」

「そうか。……次の交代まで、私が見ていよう。お前たちも向こうで楽しんでくるがいい」

「い、いえ、殿下にそのようなことをさせるわけには……」

兵士たちは嬉しそうだったが、しかし王族であり皇太子の息子であるメルヴィンにそんなことをさせるわけにはいかないと固辞した。

「いいからいいから。こうして勝って旨い酒が飲めるのも、お前たちのお蔭だ。そのお前たちに報いないでどうする」

半ば強引に見張りの任を奪って、メルヴィンは彼らが頭を下げながら宴に向かうのを見守った。

そうして周りに誰もいないことを確認すると、そっと少しだけ扉を開け、中を窺う。

窓辺に立つルクレツィアの姿が見えた。

外の喧騒が気になっているのだろうか。窓の向こうをじっと眺めていた。

正直なところメルヴィンは、ここに来て何をするつもりでもなかった。ただ、彼女の姿をもう一度見たくなったのだ。

すっと伸びた背筋が綺麗で、彼女の心根そのものを表しているように感じた。

と、その時、伸びていた背筋が急に丸まった。

ルクレツィアは前かがみになり、肩を震わせている。

かすかな嗚咽が響いてきた。

(――泣いてる……)

押し殺すような、小さな嗚咽だった。

小さな体をさらに小さく縮めて泣くルクレツィアの姿は、哀れだった。

窓に肩を預け、声を出すまいというように口許を手で覆いながら、涙を流している。

(あんな泣き方……。もっと声をあげて、わんわんと泣けばいいのに……そうすれば少しは楽になる)

何に対する涙だろうか。

国を奪われることへか、それとも明日をも知れないわが身を嘆いているのか、それとも……。

ふと、彼女はもしかしたら、本当は夫を愛していて、夫を亡くした悲しみで泣いているのかもしれないと思った。

そう思った瞬間、胸の中で何かがじりじりと焼け付く気分になり、メルヴィンは慌てて扉を閉めた。

（今日死んだ男に、嫉妬か……）

思わず苦笑する。

扉に背中を預け、その場に座り込むと、耳をそっと寄せた。

小さく小さく泣いている彼女の声は、扉越しには聞こえなかった。

ルクレツィアの国を滅ぼしたのも、夫の死の原因を作ったのも、自分だ。

それなのに、慰めてやりたい、と思った。

（とんでもない悪党だったんだな、俺は……）

見張りの交代が来るまで、メルヴィンはそうして扉の前に座り続けた。

The Last Queen

4

アウガルテンの国土は南北に長く連なる。

南は海に面しており、東西の国々との交易で栄えていた。一方北は山岳地帯で、冬は雪に覆われ人の行き来もままならない。

ルクレツィアはこの北の山々に囲まれた盆地にある、ブツュレ村の小さな屋敷に留め置かれることになった。

そびえたつ山々を仰(あお)ぎ見ながら、畑と牧草地が広がり農家が点在している、のどかな土地だ。

村はずれにぽつんと佇(たたず)む煉瓦(れんが)造りの屋敷は、元々この地方の貴族の別荘だったらしい。かつては避暑地として賑(にぎ)わいもあったようだが、今ではルクレツィアのほかに、身の回りの世話をする女が二人いるだけだ。

屋敷の周りには、兵士が常に配置されている。

場所が変わっただけで、軟禁状態に変わりはなかった。会う人間も制限され、手紙は必ず内容を確認された。

とはいえ監視付きながらも村を散策することは許されたし、屋敷の中では何をしていてもよかった。

ルクレツィアは毎日、本を読むか、刺繍(ししゅう)や編み物をし、時々散歩に出る。彼女を見ると、村人たちは遠巻きにしながらも頭(こうべ)を垂れた。彼女が何者で、どうしてここにいるのか、その境遇を知っているのだ。

そんな姿を見ると、ルクレツィアは堪らなく胸が痛んだ。

（やめてちょうだい。私は国を滅ぼした役立たずの王妃なのだから。あなたたちのために、もう何もできない……）

アウガルテンは、エインズスレイ国王の統治下となった。

国としての形だけは残っていて、エインズスレイ国王がアウガルテン国王も兼ねるという体裁(ていさい)だ。

中央集権国家であるエインズスレイは、その仕組みをアウガルテンに持ち込んだ。各地を治めるのは貴族ではなく、中央から派遣された官僚である。それらを統括(とうかつ)するのは、エインズスレイ皇太子アルバーンの長男であるメルヴィン・フランシス・バルフォアだった。

彼は首都オイゲンで、国王の代理としてこの国の統治を行っている。王族で、しかもいずれは国王となるであろう彼が統治を行うということは、エインズレイはアウガルテンをそれだけ重視しているということだ。

ルクレツィアのもとには、この村を含む地域を統括する地方長官が定期的にやってきた。こうした官職にはエインズレイ本国から派遣されてきた人物が就いていて、この地域もその例に漏れなかった。

不便はないか、困ったことはないか、最近は何をしているのか、などを問われ、あとは雑談を少しして帰っていった。ルクレツィアが感心したのは、そこに敗戦国の人間である彼女を見下すようなそぶりが一切なく、礼節を尽くして接してくれることだった。とはいえ決して優しさに溢れているわけでもなく、あくまでも業務の一環であることが窺える、形式的な部分も見えた。

それでも、立派な職務態度であるとルクレツィアは思った。

（エインズレイは人材の育成に力を入れているんだわ……こんな辺境の土地に派遣される人間でこの質が保たれるというのなら、よほど行き届いている。一体中央にはどれほど有能な者たちがいるのだろう……）

名乗りはしなかったものの、あの落城の日に王宮にやってきた一団の中、アルバーンの傍に控えていた若者がメルヴィンだったのだろう、と思い出す。話をすることもなかったし、どんな人物であったかはおぼろげにしか覚えていないが、シメオンと同年代くらいだったろうか。

聞くところによれば、若いながらも父の右腕として戦では武功を重ね、内政にも高い能力を示し、エインズレイ国内では民から絶大な人気を誇るという。アウガルテンの国土が大きく荒らされることなく戦が終結したのも、メルヴィンの知略によるものだと専らの噂だった。

（頭のよい方……無益な犠牲が出ないよう、最小限にしようとされたのだわ。戦となれば街や都は焼き払われるものだと思っていたけれど……。大層慈悲深い方なのかしら。どちらにしても、この国の民はメルヴィン殿下のおかげで今があると言っても過言ではない。私やシメオン陛下ではなく、敵国の王子によって、生かされた……）

やがてアルバーンが王位に即き、メルヴィンが跡継ぎとなればますますエインズレイは安泰となるだろう。その輝かしい未来を戴く彼の国に、ルクレツィアは羨望と鈍い痛みを感じた。

静かな日々が続いた。

やがて冬が来て、村は雪に閉ざされた。

南に位置する都で育ったルクレツィアにとって、朝日が覚めて窓の外が一面の雪景色に様変わりする光景は、まるで魔法のように思えた。

深々と降り積もる雪の結晶、新雪を踏みしめた時の音、刺すような冷たい風、屋根瓦(やねがわら)からいくつも下りた氷柱(つらら)、どれをとっても新鮮だ。これほど暖炉(だんろ)をありがたいと思ったことはなかったし、暖かい上着に包まれ温めたミルクを飲む幸福を知った。一方で、経験のない冷え込みに、何度も風邪(かぜ)を引いて寝込むことが多くなった。

やがて春が来ると、雪解けの中に現れる鮮やかな植物の芽に心が躍った。新緑の眩(まぶ)しさが目に痛いほどで、ルクレツィアは不思議なほどに泣けてきた。

夏には村人たちに教えを受け、畑仕事を手伝った。秋になり、自分の手で植えた作物を収穫するのは譬(たと)えようもない喜びだと知った。

新たな体制に対する国内の混乱も徐々に治まっていき、しばらくぶりの平穏が国土を包んでいた。

国はルクレツィアとは関係なしに動いていき、そうして、五年の月日が経っていた。

(体が重い……)

読んでいた本を膝に置き、ルクレツィアは椅子の背もたれに体を預けた。

秋の午後の日差しが窓から降り注ぎ、屋敷は気持ちのいい陽気に包まれていた。本当なら外に出かけたいところだったが、このところルクレツィアは体調が優れないでいる。

村の医師が診たところ、慣れない北の気候に体がついていっていないのだという。

ここの暮らしももう五年になるが、確かに冬が来るたび、そして季節の変わり目にはいつも寝込むようになっていた。

（体だけは丈夫だと思っていたのに……）

ルクレツィアは寝台に横になった。王宮にいたころのような豪奢な寝台ではなかったが、温かみのある木材でできたこの寝台を、ルクレツィアは気に入っている。部屋は何をとっても素朴な造りで、全体的に飾り気はなかったが落ち着いた。

「失礼いたします」

扉が開く音がして、ルクレツィアは目線だけをそちらに向ける。

住み込みで働いているコンスタンツェが入ってきた。彼女の年齢は知らないが、四十は越えているだろう。この村の出身らしいが、エインズレイが雇ったルクレツィアの看守の一人と言ってよかったから、以前王宮にいたような侍女たちとはルクレツィアも接し方が違っていた。いまだに余計な会話はしないし、互いによそよそしくしている。

見慣れたその女の後ろから、もう一人、若い娘が現れた。

ルクレツィアは上体を起こして、二人に向き合う。

「お休み中でしたか。またお加減が？」

「少し体がだるいだけよ。大丈夫。……その娘は？」

「今日からこの屋敷で働きます、ティアナ・バルトです。最近ルクレツィア様のお加減が優れないので、長官が医療の知識のある者をお傍に付けるようお命じになりました。この者は隣村からの紹介ですが、二年ほど医師の下で学んでおり、看護の経験も多いので連れてまいりました」

そう紹介されると、娘は一歩前に出て、頭を下げた。

「ティアナ・バルトと申します。本日より、ルクレツィア様のお世話をさせていただきます。どうぞよろしくお願いいたします」

にっこりと笑ったその笑顔に、ルクレツィアはふと、マリーを思い出した。

決して容姿は似ていない。

ティアナがマリー同様、大変美しい娘であることは疑いなかった。漆黒の黒髪は艶めいており、大きな瞳は黒曜石のように深い輝きを放っている。北国の娘らしく真っ白な肌とその黒の対比は、華やかさよりも清廉さを感じさせた。

マリーが花ならば、ティアナは雪のようだ。

だが、その愛らしい笑顔は、とても似ていた。

「よろしく、ティアナ。……これほどの気遣いをいただくなんて、長官にはお礼を言わなくては。コンスタンツェ、便箋(びんせん)を……」

ルクレツィアが手紙を書こうと、寝台から出ようとした瞬間、ティアナが彼女の肩を掴(つか)んだ。

彼女の黒い瞳が、ルクレツィアを強く見据えた。

「だめですわ、横になっていなくては。お顔の色が優れません。どうか、お手紙はまた後になさってください。それか、私が代筆いたします」

あまりに必死に言われ、ルクレツィアは言われるがまま横になった。

「コンスタンツェさん、私はこのままルクレツィア様に付いています。診察してから今後の献立(こんだて)を考えてお伝えしますのでよろしくお願いします」

コンスタンツェは無表情に、わかりました、とだけ答えて部屋を出ていった。

「……食事の献立まで、あなたが考えるの？」

エプロンをつけ腕まくりをするティアナを眺めながら、ルクレツィアは尋ねた。

ティアナははい、と笑った。

「日々の食事も体調管理の一環ですから。さて、ちょっと失礼しますね」

そうしてティアナはルクレツィアの額に手を当て、顔を覗き込んだ。

「どこか痛いところはありませんか。頭やお腹はどうです？」

「そうね、少し頭が痛いけど……とにかく最近、疲れやすいわ。以前診た医師は、ここの気候のせいだと言っていたけど」

手際よく脈をとり、ティアナは手元でペンを動かし手帳に記録した。

「都からいらっしゃったのですよね。気温差もかなりありますし……何より、以前とはまったく違う暮らしでしょうから、ご自分で感じられている以上にお体に負担がかかっているのかもしれません」

「……わたくしが誰か、知っているの？」

ティアナは驚いたように、目をぱちぱちさせた。

「もちろんです」

「そう。わたくしのことなど、もう誰も覚えてもいないと思っていたけれど……」

窓の外に目を向けて、我ながら卑屈なことを言った、とルクレツィアは思った。

ティアナはそっとルクレツィアの手を取って、両手で握りしめた。

「どうかお眠りください。私が傍におりますから」

「……最近、あまり眠れないわ」

そうルクレツィアが言うと、ティアナは微笑を浮かべて、静かに歌い始めた。

子守唄だ。

年下の娘に子守唄を歌われるなんて、と思ったが、しかしその低く静かな歌声はひどく心地よかった。

音楽は、王妃としての教養の一環で学びはしたが、生活の中で触れることはなかった。思い出せるのは王宮内の式典や催(もよお)しで演奏される、楽師(がくし)たちの格式ばった音くらいだ。

だからこうして寝台に横になって歌を聴くのは新鮮で、そして妙に納得した。

（心が安らぐ……そうか、だから王妃としての素養のひとつだったんだ……陛下を安らがせるための……）

そんなことを考えながら、ルクレツィアはいつの間にか眠りについた。


ティアナがいる場所はいつでもわかった。

歌声のあるところに、彼女はいる。

ティアナはルクレツィアの看護や体調管理を請け負うだけでなく、掃除(そうじ)や炊事(すいじ)、屋敷の中の雑用もこなした。

そうして働く間、彼女はいつも何かの歌を口ずさんでいるのだ。

（そんなに、何が楽しいのかしら……？）

ティアナの姿を遠目で眺めながら、ルクレツィアは首をかしげた。

くるくるとコマドリのようによく動いて、よく働く。

いつも笑顔だ。

そして気がつくと、ティアナの周りにはいつも、屋敷の見張りにあたっている兵士たちがわらわらと群がっていた。

「荷物重そうだね。持つよティアナ」

「まぁ、ありがとう。助かるわ」

「どこに行くの？」

「買い出しよ。薬も調達しないと」

「俺が送っていくよ」

「おい、お前はこの後も門の見張りだろ。俺交代の時間だから、俺が送るよ」

「ありがとう二人とも。でもさっき、アランが送ってくれるっていうから、お言葉に甘えたの。次はぜひお願いするわ」

そう言ってティアナはほかの兵士と馬車に乗り、屋敷を出ていく。

「アランのやつ、抜け駆けしやがって……！」

「おい、次は俺の邪魔するなよロジャー！」

「邪魔したのはお前だろう！」

彼女を巡って日々牽制しあう若い兵士たちを見る度、ルクレツィアの胸には苦い思い出が蘇ってきた。

（可愛い女の子に惹かれるのは当然よね……陛下がマリーを愛したように。誰もがマリーを愛したし、そうして彼女はすべてを手に入れたわ……）

ティアナの看護のお蔭か、ルクレツィアの体調は徐々に回復していった。

毎朝必ずルクレツィアの体調を確認し、それに合わせた食事を用意する。適度な運動も必要だと、一緒に外へ散歩にも出た。寒い日も暑い日も、ルクレツィアの服装にまで気を配る。

「体を冷やしてはいけません。女性に冷えは大敵です」

冬になると、暖かな外套と襟巻をルクレツィアに纏わせながら、ティアナは言った。

やはり笑顔だ。

ルクレツィアは、常々疑問に思っていたことを尋ねてみた。

「……いつも、何が楽しくて笑っているの？」

「はい？」

「今、楽しいことなんて何もないと思うのだけど。わたくしに服を着せているだけよ。歌も、どうして歌っているの？　楽しいから？」

　問われて、ティアナはしばらく戸惑ったように黙った。そして、ふふふ、と笑った。

「ルクレツィア様は、生真面目でいらっしゃいます」

　褒められている気はしないので、ルクレツィアは眉を寄せた。

「どういう意味？」

「私、きっと笑いの沸点が低いんです。さぁ、参りましょう。足元に気を付けてくださいね。うっすらとですが、雪がありますから」

　ルクレツィアが転ばないよう、手を引いて歩く。

　監視の名目で、わらわらと兵士たちも付いてきた。最近ではこの散歩への同行者になるための壮絶な争いが起きているという。もちろん、彼らの目的はティアナだ。

　農家の前を通りかかると、ちょうど納屋の近くにいた青年がこちらに気づいた。

「やあティアナ」

「こんにちはアルノルト」

「この間の話、考えてくれた？」

「なんだったかしら」

「星祭りに一緒に行こうって話さ」

「ああ、そうだった。ごめんなさい、その日は仕事が忙しくて」

断りながらも、あくまで笑顔だった。

アルノルトという青年は、それじゃしょうがないね、と頬を染めながら頭をかいた。

その先の道でも次々と若者たちがティアナに声をかけ、祭りに一緒に行かないかと誘いをかけたが、すべて同じ断り文句で蹴散らされた。

（村中の男性がティアナに夢中みたい……）

五人目の若者が玉砕して去っていったのを眺めながら、ルクレツィアは思わず言った。

「ティアナ、お祭りの日は暇を出しましょう。気になる人がいるのなら、一緒に行っていらっしゃい」

するとティアナはびっくりしたように目を瞬かせ、そしてくすりと笑った。

「とんでもない。そんなお気遣いは結構です。だってその日は、ルクレツィア様と一緒にお祭りを見に行くんですもの」

「え？」

今度はルクレツィアが目を瞠る番だった。

「これまでは、冬になるとお加減が悪くて、いつも寝込んでいらっしゃったんでしょう？　だから星祭りには一度もおいでになっていないと、村の人たちに聞きました。今年は私がお傍にいますので、体調は万全に整えさせていただきますね」

にこにこと言われ、ルクレツィアはなんだか胸が温かくなった。

「……あ、ありがたいけれど、わたくしのために、無理はしなくていいのよ。誰か行きたい人が本当はいるのなら……」

言いかけたルクレツィアの耳元に、ティアナがそっと囁いた。

「今誰かを選んだら、男同士で血の雨が降りますわ。こんな小さな村でそんなことになれば、大きな問題です」

聞いて、なるほど、と思った。

もてるのも大変なのだな、とルクレツィアは素直に感心し、そしてなんだかおかしくなった。

「そう……ね。わかったわ」

ルクレツィアは思わず、肩を震わせて笑った。

同行していた兵士たちは、驚いた顔をした。この五年、ルクレツィアが声をあげて笑ったところなど見たことがなかったのだ。

　農家の夫婦が通りかかり、そんなルクレッツィアを見て声をかけた。

「こんにちは奥様。お散歩ですか。随分楽しそうですねぇ」

　いつも畑仕事を教えてくれるこの老夫婦は、ルクレッツィアとこの村で最も親しいと言ってよかった。ルクレッツィアにとっては、祖父と祖母と言ってもいい年齢だ。

　夫は無口で不愛想だったが農業の知識が豊富で、尋ねれば静かに訥々と誠実に答えてくれた。妻は愛想のよい世話好きな女で、いつも親切に話しかけてくれる。

「ちょうどよかった。ちょっとうちまでお寄りになりませんか？　ケーキを焼いたところだったんです。ぜひお持ちくださいな。奥様に手伝ってもらって収穫した果物を入れて作ったんですよ」

「まぁありがとう。ティアナ、ちょっと寄っていくけどいいかしら？」

　散歩の時間はある程度決まっていたので確認すると、ティアナはもちろんです、と答えた。

　夫婦の家は小さな丸太小屋だったが、手作りのカーテンや小物が温かい家庭的な雰囲気を醸し出していて、ルクレッツィアは好きだった。

　家の中はいい匂いで溢れていた。

作り立てのケーキの匂いと、夕食の仕込みの匂いだ。

冬であっても豊富な食材がどっさりと置いてある炊事場（すいじば）は見た目にも温かく、冷たい風の刺す外とは大違いだった。

妻が持ってきたケーキは、乾燥させた果物の入った生地を焼き、粉砂糖をかけた伝統的な冬の焼き菓子で、そこに入れられた食材が自分の手によるものだと思うと感慨（かんがい）深い。

「おいしそうね」

「もちろん。アウガルテンの作物は大陸一ですよ。エインズレイ本国にも出荷されてますけど、買いたたかれるかと思いきや、大変な人気なんですってねぇ。向こうのより品質がいいって。そのおかげで私たちも最近じゃすっかり景気がいいですよ」

「そういえば、納屋は新しくしたのかしら？　さっき入るときに見たのだけど……」

ふふふ、と妻は嬉しそうに頬を染めた。

「ええ、そうなんですよ。ようやく暮らし向きがよくなってきたんでねぇ。まったく、エインズレイに攻め込まれたって聞いたときはどうしようかと思ったけど、結果的には今のほうが前よりずっと豊かで安心して毎日暮らせてますからねぇ。ほら、今ここの統治をされているメルヴィン様って方は、若いのにしっかりしたお方だって話ですよ。あの方がいずれはエインズレイ国王になれば、アウガルテンだって……」

「おいパウラ！」

夫が鋭く妻の名を呼んだ。

自分の話し相手がどういう立場の人間かをようやく思い出したらしい妻は、はっとしたように口に手を当てて、気まずそうにルクレツィアを見た。

「も、申し訳ございません、その……」

おどおどと謝り、夫に助けを求めるように目をやる。夫は険しい表情で頭を下げた。

「……失礼なことを言って申し訳ねぇ、奥様。こいつは悪気はねぇんだが、口から生まれたような女で、ぺらぺらとしゃべりすぎて……」

「……いいのですよ。ケーキをありがとう。後でみんなでおいしくいただきますね」

ティアナがケーキを受け取り、ルクレツィアは家を出た。

夕闇の橙色の空が、山の端をくっきりと照らし出している。冬の日暮れは早い。

「そろそろ帰りましょう、ティアナ」

「はい。……あの、ルクレツィア様……」

ティアナが気遣うように伺う。

ルクレツィアは微笑を浮かべた。

「いいのです、気にしていません。仕方のないことです。今のほうが、誰もが幸せに暮らしていますわたくしの最後の望みを、アルバーン殿下は叶えてくださった……かつてのアウガルテン王家は、責められて然るべきです」

足早に屋敷へ戻りながら、ルクレツィアは歯を食いしばった。

寒さに耐えるためではない。

口では気にしていないと言いながら、傷を抉られる思いだった。

（わかっている……私にも陛下にも、能力がなかったのだと。無能故に、民を飢えさせ、国を滅ぼした……誰もがそう思っているのも、わかっている……）

涙が出そうになるのを必死で堪えた。

やがて冬が過ぎ、六度目の春を迎えた頃には、ルクレツィアは寝込むこともなくなり、すっかり体調を取り戻していた。

いつも笑顔のティアナが険しい表情で部屋に飛び込んできたのは、春風が特に強い日のことだった。

「ルクレツィア様、お聞きになりましたか？　エインズレイのこと……！」

刺繍をしていた手を止めて、ルクレツィアは顔を上げた。

「何かあったの？」

「崩御（ほうぎょ）されたんです、クラレンス国王陛下が！　そして、皇太子アルバーン殿下も、お亡くなりになったとか！」

「アルバーン殿下が……？」

あの日の光景が、ルクレツィアの脳裏（のうり）に蘇（よみがえ）ってきた。

荒れた王宮、乗り込んできた兵士たち、そしてその先頭に立っていたアルバーン――。

「亡くなられた？　クラレンス陛下は高齢であることもあって、ここのところ床（とこ）に伏しておられるとは聞いていたけれど……アルバーン殿下はどうして？」

「謀反（むほん）です！　アルバーン殿下の弟君であるオズワルド殿下が、王宮内で兵を挙げ、アルバーン殿下を襲ったとか。オズワルド殿下はご自身のエインズレイ国王即位を国中に通達しています」

「なんてこと……」

思わず立ち上がる。ルクレツィアの手をティアナが握った。

「問題はここからです、ルクレツィア様。このオズワルド殿下の即位を誰よりも容認できないのは、アルバーン殿下の長男でいらっしゃるメルヴィン様でしょう。今アウガルテンを統治していらっしゃるメルヴィン様が、オズワルド殿下に反旗を翻（ひるがえ）せば……」

「それは、つまりまた、アウガルテンとエインズレイが戦になってしまうということ……？」

「そうです、そして……」

廊下の向こうから騒がしい足音が響いてきて、二人は体を硬くした。

乱暴に扉が開かれると、そこには見覚えのない男たちが十人ほど並んでいた。眼鏡をかけた一人の男を除いて、全員が武装した兵士だ。いつも屋敷を見張っている兵士たちとは違う。

眼鏡の男が進み出る。

「元アウガルテン王妃、ルクレツィア・アーデルハイト・エルヴィーラ・バルシュミーデだな」

他人に呼び捨てにされることなど初めてで、ルクレツィアは何が起きているのかわからなかった。

「……これは、何事ですか」

「お前には謀反の罪がかかっている。アウガルテンの旧貴族と結託し、エインズレイ国王に対し反乱を起こそうとしたことは明白。元皇太后グレーティアもすでに捕らえ、メルヴィン・フランシス・バルフォアが首謀者であり、お前がそれに協力したことを告白していいる。

自分を脅かす存在のメルヴィンを陥れるために、ルクレツィアたちを利用しようとしている。

オズワルドの謀略だ、と思った。

手が震えるのを感じた。

「……叔母様が？」

「エインズレイ国王オズワルド陛下の命により、その身柄を拘束する」

兵士たちがルクレツィアの腕を掴み、部屋の外へと連れ出した。

後ろから、「ルクレツィア様！」とティアナが呼ぶ声が聞こえる。

「あの子は関係ありません、危害を加えないで！」

両側から腕を掴む兵士たちは、何も答えない。

（こんな、こんなことに……どうして……）

屋敷を出ると、門の周りに倒れこんでいる人影が目に入った。

いつもルクレツィアの見張りについていた兵士たちだ。

血を流して横たわっており、誰も動かない。

ルクレツィアは悲鳴のように叫んだ。

「どうして……！　あなたたち、同じエインズレイの人間でしょう!?」

見張りとはいえ、いつも一緒に散歩についてきた顔ぶれだ。ティアナを巡って若者らしく張り合っている姿が、脳裏に蘇ってきた。

眼鏡の男が後ろからやってきて、ふん、と鼻を鳴らした。

「こいつらはメルヴィンの手下だ。お前とメルヴィンの連絡役だったことはわかっている」

「違う！」

あまりのことに、怒りで頭が真っ白になった。

(彼らが死ななければならない理由なんてなかった……！　私の見張りなんて仕事についた、ただそれだけのことで……！)

「さっさと連れていけ」

屋敷の前に停められていた馬車に押し込まれる。眼鏡の男も乗り込んできて、すぐに馬車は走り出した。

座席の端で身を硬くするルクレツィアを、男は無表情に眺めている。

「……叔母様は無事なの？」

男は答えない。

それからは、馬車の中に沈黙がおりた。

やがて夜になり、馬車が停まった。辿り着いた場所はわからなかったが、どこかの宿屋らしき建物の前だった。

その建物ごと彼らが占拠しているらしく、誰に案内を頼むでもなく中に入り、ひとつの部屋にルクレツィアを通す。

「明日の朝、また出発だ。それまではここにいろ。扉の前も窓の外にも見張りを置く。おかしなことを考えるな」

男はそう言って扉を閉めた。外からガチャリと、鍵をかける音がする。

思わず、へなへなと床に座り込んだ。

（死んでしまった……なんの罪もないのに、何人も……ティアナはどうなっただろう。もしかしたらあの子も……）

知らず知らず、頭を掻きむしった。

こんなことをしたのは初めてだ。王宮が落ちた時ですら、もっと落ち着いていた。

自分は忘れられた存在で、もう誰も必要としていないと思っていた。そんな自分に絶望もしていた。しかし。

（忘れられていたほうがよかった……そうすればこんなことにはならなかったのに。元王妃であることで利用されるくらいなら、あの時死んでおけばよかった……）

ルクレツィアは両手で顔を覆った。

ようやく豊かで平和な時代がきたと喜んでいた民に、また戦争を味わわせてしまう。善政を敷いたメルヴィンがこれに負けてその座を退けば、果たしてアウガルテンはどうなるのだろうか。

茫然とその場に座り込んだまま、どれほど時間が過ぎたのかわからなかった。

気づいたのは、煙の臭いだった。

（何？　焦げ臭い……）

見ると扉の下の隙間から、黒い煙が忍び寄ってくる。

それはみるみる、部屋の中に充満し始めた。

慌てて窓に飛びつくと、下の階から火の手が上がっているのが見えた。

（火事……!?）

窓は開かない。

ルクレツィアは扉に駆け寄って押したが、こちらも固く閉ざされていた。

「開けて！　開けて！」

扉を叩くが、誰の返事もなかった。

見張りのいる気配もない。

（火事……違う、火を放ったんだ。私を殺すために……）

やがて炎が、部屋の中を侵食し始めた。

迫り来る橙色の炎がルクレツィアの姿を映し出して黒々と揺れる影を作る。

煙で息ができなくなり、ルクレツィアは咳きこんで崩れ落ちた。

苦しくて、扉に爪を立てる。

開かないとわかっているのに、何度も叩いた。

（誰か……開けて、お願い……）

目を開けることもできず、ただうずくまる。

炎の熱さに、皮膚がじりじりした。

（……もうだめなんだわ。死ぬのね、今度こそ……）

息ができない。苦しくて仕方がなかった。

（これで終わりなの、私の人生は……）

そう思った、その瞬間。

突然、何かが気持ちを突き抜けた。

（終わるんだ……もう誰に失望することもない、嫉妬することもない、遠慮することもない……もう自分を、役立たずと罵(ののし)らずに済む……）

これでもう、これ以上誰かを不幸にすることはないし、責められることもない。そう思うと、妙に気持ちは楽になった。

死んだらどうなるのだろうか、と考えた。

死後の世界があるのなら、シメオンやマリーとまた顔を合わせるのだろうか。さっき死んでいった兵士たちも、そこにいるだろうか。

できればそんな世界はなければいい、と思った。

会ったらなんと言えばいいのだろう。考えたくもない。

ただ静かな、無が待っていてほしかった。

（馬鹿ね私は……もっと早くこうすればよかった。自分で命を絶てばよかったんだわ……それですべて終わったのに）

床に身を横たえ、体を丸めた。

あとは早く、その時が来てほしかった。

あまり苦しみたくはない。

（次に生まれるなら、美しく生まれたいわ……貧しくてもいいから、愛される人になりたい……）

「――ルクレツィア様！」

突然耳元で叫ぶ声が聞こえて、ルクレツィアははっと目を開けた。

美しい黒髪が垂れているのが目に入る。

驚いたことに、ティアナの顔がそこにあった。

「しっかりして！　逃げるんです！」

「……ティアナ？」

「早く立って！」

ティアナはルクレツィアの体を起こすと、腕を引っ張った。

扉が開いているのが見える。

どうやって入ったのだろうか、と思った。

「さぁ、早く！」

廊下(ろうか)に引っ張り出されて、炎と煙の中を進んでいく。

（どうして彼女がここに？　何をしているの？）

ルクレツィアは思わず、ティアナの手を振り払った。驚いたティアナが振り返る。

「ルクレツィア様？」

「やめて……」

ティアナはぽかんとして立ち尽くしている。

「生きている意味がないのよ……」

「え……？」

「もう、楽になりたい……死にたいの」

「何を言ってるの!?」

後ずさりしながら、ルクレツィアは頭を振った。

「あなたには感謝しているわ。ありがとう。もう行ってちょうだい」

「だめよ！」

「行って！　お願いだから死なせて！　もう生きていたくないの！」

鋭い音が響いて、左頬が熱くなるのを感じた。

火のせいではなかった。

ティアナにぶたれたのだ、と気づいたのは、頬がひりひりと痛みだしてからだ。

「あなたは私の患者よ！　私が治した体で、勝手に死ぬなんて、許さないわ！」

驚くほど憤怒の形相をしたティアナは、有無を言わさずルクレツィアを引っ張って出口を目指す。

初めて他人に手をあげられた衝撃で放心状態のルクレツィアは、手を引かれるまま炎の中を走り続けた。

誰かが追いかけてきて、矢が降ってきた。宿屋が崩れ落ちる音を、背後に聞いた気がする。息が止まるかと思うほど、ルクレツィアは走り続けた。

そうして気が付くと、暗い山の中を歩いていた。

静まり返った闇の中に、せせらぎが静かに響く。

山の中をさまよっていると思ったが、ティアナは目的をもって動いていたらしい。

川を見つけると、その川辺で器用に焚火をしてルクレツィアを座らせ、傷の様子をあちこち診はじめた。

あの部屋を出てからの記憶はほとんど飛んでしまっていたが、どうやら怪我をしていたらしく、今になって痛み始めた。

矢がかすめた腕からは血が流れていたし、炎のせいか水ぶくれもできている。

ティアナは服の切れ端を川の水に浸して、煤だらけのルクレツィアの顔を拭い、傷口を綺麗に洗った。やがてどこからか薬草を採ってきてすり潰し、それを患部に当てると、自分の袖を破って包帯替わりに縛った。

「とりあえずこれで我慢してください。きちんとした治療がいつできるかわからないけど、ひとまず死にはしませんから」

ルクレツィアは、どうしようもない違和感を味わっていた。

先ほどからティアナは、ひどく無表情で、感情が窺(うかが)い知れない。

笑顔の印象が強いだけに、同じ顔でも別人のように感じて居心地が悪かった。

「……ありがとう」

ティアナは肩をすくめた。

「ああ、ようやく喋(しゃべ)りましたね。まだ死にたいって言います？」

話し方もどこかつっけんどんだ。今までのような、親しみやすい雰囲気(ふんいき)がない。

落ちている枯れ枝を火にくべているティアナの様子を窺いながら、ルクレツィアは恐る恐る尋ねた。

「……どうして助けにきてくれたの？」

「言ったでしょう。私が、長い時間をかけて、心を尽くして健康を取り戻させたんです。私に断りもなく死ぬなんて、私の仕事への侮辱(ぶじょく)ですよ」

それに、とティアナは言った。

「生きることができる人が命を絶つなんて、ずるいです。生きたくても生きられない人がいるのに。生きていれば、どんな可能性だってあるんですから」

「わたくしには、ないわ……」

　揺れる炎を見つめながら、ルクレツィアはぽつりと言った。

「何も、ない……陰謀の駒のひとつになることくらいよ……」

「こうして逃げられたじゃないですか」

「逃げて、どうするの。行くところなんてないわ。生き延びて、どうするの。わたくしなんて、いてもどうしようもないのよ。何の役にも立たない、生きている価値のない人間だもの」

　これまでの人生が、頭の中をひとつひとつよぎっていく。

　唐突に、心の中に積もり積もった思いが、堰をきったように溢れた。

「王妃になるために、幼いころから厳しい教育にすべて耐えてきたわ……お母様は優しい言葉ひとつかけてくださらなかったし、お父様はすべてをお母様と教育係に任せて、わたくしの顔を見ることなどほとんどなかった。王妃に推薦してくださった叔母様は、わたくしを自分の地位を守るための道具にしか見ていなかった。嫁いでみれば、陛下はわたくしを受け入れようとはしなかったし、何をしても機嫌を損ねるばかりで、どうやってもマリーには敵わない……。当然よね、美人で可愛らしい女がいて、押し付けられた形式上の妻になど見向きもするはずがないわ。死ぬときだって二人は一緒で、わたくしだけ残されて……国は奪われて、囚われの身として生きながらえて……守ろうとした国民からは、役立たずだったと、今のほうが幸せだと言われて……わたくしは何もできなかった！　これからだって、何もできるわけない！　なんの力もない、能力もない！　誰も望んでもいない！」

膝をかかえて顔をうずめる。

涙が溢れて止まらなかった。惨めで、何もできない自分が悔しい。

静寂が降りた。

ようやく泣き止んで顔を上げると、闇の中で炎に照らされたティアナの顔が見えた。美しい白い肌は火事の中を潜り抜けたせいか、煤で汚れていた。ルクレツィアの顔は拭ってくれたのに、自分の顔はそのままだったらしい。

それなのに、ティアナは美しかった。

「あなたみたいに綺麗に生まれていたら、違ったんでしょうね……」

思わず口をついて出た。

ティアナは片眉を上げ、ルクレツィアを見返す。

「わたくしが美しかったら、少しは陛下の気持ちも変えられたかもしれない……マリーを見ると、自分の平凡な顔が嫌でたまらなくなったわ」

すると、ティアナがあきれ返ったような顔をして、はあ、とため息をついた。

「……あなたって、とんだ箱入り娘よね」

「え？」

「王妃になるための教育を受けたらしいけど、もっとほかの教育を受けるべきだったわ。まぁ、ちょっと環境が特殊すぎるから仕方がないのかもしれないけれど……唯一の男が夫である国王で、傾国（けいこく）の美女が恋敵（こいがたき）ですものね。それじゃ男女の機微なんてわかるはずもないか」

どんどんざっくばらんな話し方になっていくティアナは、なんとなく、それが彼女の本当の姿である気がした。

「以前、どうして笑っているのか、と私に聞いたことがありますよね？　覚えていますか？」

突然そんな話を持ち出してきた意味がわからず、ルクレツィアはぼんやりとうなずいた。

「ええ、覚えているけど……」

「本当の答えはね、女は笑っていればそれだけで可愛いからですよ」

「……は？」

ぽかんとするルクレツィアに、ティアナはひとさし指を突き出した。

「あのねぇ、世の中の男が、どいつもこいつも美女にしか見向きもしないなんて、そんなことあるはずないでしょう？　それじゃ人類は絶滅ですよ。どんな女性にだって、男性を魅了する部分があるんです。十人並の顔であろうが、笑顔の女は魅力的なんですよ」

「え、笑顔……？」

「そうです。言っておきますけど、私、客観的に見て美人の部類に入るらしいですけどね、これまで男性からはそれほどもてませんでした」

「……うそよ、あんなにみんなから誘われていたじゃない」

ティアナは自嘲するように唇を曲げた。

「以前私が住んでいた村に、それはもう男性からの誘いが波のように押し寄せる女の子がいたんです。正直に言って、その子はさして美人ではなかった。もちろん不美人でもなかったけど。まぁ、普通です。でも村中の男が夢中でした。そして、その子の隣にいた私には、誰も声をかけませんでした」

「……信じられないわ」

そんなはずがないだろうと思った。

ティアナが苦笑するようにふふ、と笑う。

「理由は簡単でした。その子はいつも笑っていて、なんでもないようなことでもいつも楽しそうに過ごしていました。誰と話していても、相手の話を楽しそうに聞いていては、コロコロと笑うんです。そうしている時のその子は、本当に可愛らしかった。そしてそんな女の子と一緒にいると、みんな幸せな気分になるんです」

ルクレツィアは、ふとマリーの笑顔を思い出した。

憎んでもいい相手だったのに、どういうわけか憎み切れなかった。

会ってあの笑顔を目の当たりにすると、不思議と気分がよかったのだ。

「一方の私は、その頃まったく笑わなかったんです。いつも無表情で。それが怖いというか、お高くとまっているというか、とにかく近寄りがたい雰囲気で、話しかけづらかったんだ、と後で聞きました。だからそれからは、笑うことを心がけるようにしたんです。……ああ、別に男性にもてたいとか、そういうことじゃないですよ。ただ笑っているだけで、老若男女どんな相手からもよい印象を持ってもらえて、人間関係が円滑になる……そして何より、自分の思うように物事を進められることに気づいたんです。幸い、私は顔のつくりがもともといいらしいので、ちょっと笑うだけで、驚くほど簡単に誰でも釣り上げられました」

あっさりと腹黒いことを言ってのけるティアナに、面食らった。

　これまでの天使のような彼女の姿が、音を立てて崩れ落ちていく。

「……計算、だったのね」

「誰だってある程度計算して動くのが当然でしょう？　あなただって、王妃としてふるまう時には誰にどう思われるか考えて、あるべき姿を演じていたのでは？」

「それは、わたくしの務めだったからよ……。王妃としての責務でした。あなたとは違うわ。人の気持ちを、そんな打算的に動かそうとするなんて……」

「とんでもない？」

　おもしろそうに言って、ティアナはくすりと笑った。

「シメオン陛下がどうしてあなたを疎（うと）んじたか、よくわかりますね」

「……なんですって？」

「さぞ息が詰まったでしょうねぇ。国王という仕事は重圧も多いでしょう。安らぐ時間が欲しかったはずです。あなたは彼の顔を見ればお説教をしていたのでは？　王たる者はこうするべきだ、ああするべきだ、とか。もしくは、泣いてすがった？　側室（そくしつ）じゃなく私を見て、とか」

　まさしくそんな会話をしたことが思い出されて、ルクレツィアはどきりとした。

　ティアナは肩をすくめた。

「私だったら、そんな妻のところには行きたくないです。だって、会っても嫌な気分にしかなりませんもの。仕事で疲れているんだから、癒やしてくれる存在がほしい。……マリーという女性は、その点であなたより長けていたのではないですか？　もちろん美人で、シメオン陛下の好みの問題もあったでしょうけど」

（そんな……）

ルクレツィアは拳を握りしめた。

シメオンがルクレツィアを顧みなかったのは、こちらの態度が悪かったからだというのだろうか。

「陛下は、国王だったのです。そんな個人的な感情ではなく、責務をまっとうしていただかないと……！」

「自分の感情が、責務より優先されることは、抑えられないものですよ。……あなただって、そうでしょう？」

「わたくしはいつだってなすべきことを……」

「さっき、死のうとしたでしょう？　すべてがどうでもよくなったのでは？　楽になりたいという感情が優先されたでしょう？　国が危機に瀕しているこの時に、元王妃であるあなたは、国民のことは放って、自分だけ楽になろうとしたでしょう？　シメオン陛下も、同じように思って自害されたのではないですか？」

「……だって、もうわたくしにできることなどないわ！」

悲鳴のように叫んで、耳を両手で押さえた。

自分が悪かったなどと、そんな話は聞きたくない。

「……あなたがわたくしに向けていた笑顔も、全部作り物だったのね」

そう思うと、さらに惨めだ。

「作り物……そうですね、私、表情をうまく作れないんです」

ティアナは考えるようにして首を傾（かし）げた。

「きっと、私が以前は目の見えない人間だったからだと思います」

「……え？」

意外な言葉に、ルクレツィアは顔を上げる。

ティアナは静かに、揺れる炎を見つめている。

「目が見えるようになったのは、つい二年前ほどのことです。……私はここよりもっと北にある、山の中の小さな村で育ちました。母は若いころに都で働いていて、そこで私を身ごもって村に戻りました。父親が誰かは言わなかったから、私は不名誉な子として周りからは白い目で見られて……母の家は村の中では裕福なほうでしたが、叔父（おじ）や叔母（おば）はみんな冷たい態度でした。私はいとこたちに散々いじめられながら育って、七歳の時、そのいとこに殴られて、転んだ先にあった岩に頭をぶつけて……それ以来、目が見えなくなりました」

ティアナの瞳は、炎に照らされ漆黒に輝いている。

見えなくなったなど信じられない美しさだった。

「それから十六歳まで、一切光を見ることはありませんでした。だから、表情というものに対して意識が薄いんだと思います。目が見えない間は、そんなもの気にしていなかったから。……私が基本的に無表情なのも、それが原因なんでしょうね。でも逆に、だからこそ今は、表情が相手に訴えかける効果というものを、よく感じます。自分の表情が相手によい印象を与えていないということに気づいてから、鏡の前で何度も練習しました。だから、作り物だと言われればその通りですけど……多かれ少なかれ、みんなそうでしょう？心からの表情だけを浮かべているわけではないはずだわ」

（マリーの笑顔に、私は確かに、作った笑顔を向けたわ……あの子が気に入らなかったのに、無理して笑った……）

そう思い出し、ルクレツィアは唇を噛んだ。

「目が、見えなかったって……でも今は、見えるようになったのよね？」

　ええ、とティアナは頷いた。

「目が見えなくなってからは、みんなさらに私の存在を疎んじて、ほとんど家の奥の納戸に閉じ込められていました。リルドの一団が村にやってきて、そこに売られるまで」

「……リルド？」

「ご存じないですか？　旅芸人です。目の見えない女たちが、楽器を弾き、歌を歌って巡業します。豪雪地帯では、冬の間の数少ない娯楽なんですよ。私にはこの道で生きていくしかないと思ったから、一生懸命修業しましたよ。そのおかげで、私は北国一の歌姫と呼ばれるようになりました。……自分で言うのもなんですけどね」

　屋敷で、彼女が歌っていた姿を思い出す。

　何故そんなにも楽しそうに口ずさんでいるのか、と思ったものだ。

　しかしこんな話を聞かされては、光のない世界で、音楽が彼女にとってどれほど重要なものだったか推し量られる。いつも無邪気に楽しそうにしている、などと考えたことが恥ずかしくなってきた。

「その旅の中で、私はある商人の息子に恋をして、彼の子を身ごもりました。でも、同じリルドの仲間だった女も、彼を好きだったんです。彼女は目が見えました。目の見えない私たちを先導する役目についていたんです。私が彼の子を宿したと知ると、ある日彼女は私を誘い出して、雪山の崖から突き落としました」

「……え？」

あまりに淡々と言われ、逆にぞっとした。

ティアナは無表情だ。

「崖の下は川で、私はしばらく気を失って流されていたようです。偶然通りかかった人に助けられましたが、お腹の子どもは助かりませんでした。……でもその代わり、落下した時に頭を打ったせいか、視力が戻っていたんです。私は思いました。私の子どもが、自分の命の代わりに私に視力を戻してくれたんだって……」

そう言って、ティアナは大事そうに目に手を当てる。

「生まれてくることもできなかった子ですら、何かを成しえました。この世にいるあなたにも、何かできることがあるはずです」

黒い瞳がルクレツィアを射た。

子どもの命が宿った目だ。

目を逸らすことができなかった。

「……わたくしは……」

どうしてティアナが突然身の上話など始めたのかと思ったが、きっと彼女はこれが言いたかったのだ。

――生きることができる人が命を絶つなんて、ずるいです。

そう言った時、生まれてこなかった子どものことを思っていたに違いなかった。

(何か、できる……？　私は、これから……)

「でも、どうすれば……？　わたくしはきっと追われているわ。行く当てなんてどこにも……」

「考えられるのはただひとつ。メルヴィン様のもとに行くしかありません」

「え……？」

「あなたを今までこうして生かしておいたのは、アルバーン殿下のご意向でしょう。その後継者であるメルヴィン様であれば、きっとお助けくださいます。何より、オズワルド側にあなたが捕らえられ、謀反(むほん)の協力をしたという自白を残して死なれては、メルヴィン様の陣営にとっては不利です。少なくとも、匿(かくま)ってくださると思います」

「では……都へ？」

「ええ。でもさすがに私たち二人で街道を進めば、どこで兵士に捕まるかわかりません。舟に乗ることができれば、一気に川を下って都まで行けるはずです……朝になったら、山を下りて船着場を当たりましょう。もしかしたら追っ手がいるかもしれませんが、ここにいても生き残れません」

　ルクレツィアは驚いていた。

　もう絶望しかなく、道は閉ざされたと思っていた。

　それなのにティアナは、次々と未来を提示してくれる。

「あなたって、すごいわ……」

「しぶといだけが取り柄なんです。何があっても生き抜いてきましたからね。……さあ、そろそろ寝てください。明日は歩きます。体を休めてください。こんな地べたで寝るのは初めてでしょうから、眠れるかどうかわかりませんが、それでも寝てくださいね」

　淡々とそう言って、ティアナはルクレツィアの腕をとり、脈を診る。

　屋敷にいた頃の彼女のようで、ルクレツィアは少しほっとした。

「……どうして医術を学んだの？」

　ティアナはちらりと、ルクレツィアを上目に見た。

「崖から落ちて流されていた私を助けた人が、医者だったんです。彼のもとでしばらく療養して、そのまま手伝いに入りました。生きていくためには何か手に職を持たないとと思ったし、目の研究もしたいと思いました。私のように視力を失った人を回復させられるようになりたい、と」

「子どもの父親とは、それからどうしたの？　あなたを突き落とした女は？」

　さあ、とティアナは興味なさげに言った。

「二人とも、会っていません。どうしているのかも知りません」

「どうして？　訴え出るべきよ。それに、今度こそ彼と一緒になれば……」

「私、もう子どもが産めないんです」

　ルクレツィアははっとしてティアナを見た。

　ティアナは脈を診ていた手を引く。表情は変わらない。

「流産した時、その医者に言われました。二度目は難しいだろうって。……子どもの父親は商家の長男で、将来は店を継ぐ人です。目の見えない私でもいいと言ってくれた優しい人だったけれど、子どもの産めない女を妻にはしないでしょう」

「ティアナ……」

　ティアナはまっすぐ、ルクレツィアを見据えた。

「私のように綺麗だったら、とおっしゃいましたね。でも私からすれば、あなたのほうが羨ましいくらいです、ルクレツィア様。あなたはこれから、また誰かと結婚して、子どもを産んで育てることができるけど、私にはできない。私が美人で、それがなんだっていうんですか？　女として私は、もうそんな未来を描くこともできないんですから……」

ティアナの表情は変わらなかった。それでも、彼女が泣きそうな顔をしている、とルクレツィアは思った。

（私は……愚かなことを言ったんだわ。彼女は美しく誰からも愛されて幸せな人なのだと思い込んでいた……羨ましく、妬ましくすら思っていた……）

マリーはどうだったのだろうか。

見えていたものだけが真実ではなかったのかもしれない、と思った。

ひどいことをされたのは自分だけだと思っていた。しかし、本当は相手のことも傷つけていたのだろうか。

（陛下……陛下のことも、私は追いつめてしまったのかしら……）

ティアナの言う通り、シメオンに対してよい感情を持たれるような態度を取った記憶がない。

（私のことも見てほしかった……だったら、そうなるよう、努力すべきだったのかしら。義務や責任からではなく……）

「さあ、もう寝てください。私はもう少し見張っていますから」

ティアナはそう言うと、また焚火に枝を放った。

ルクレツィアはしばらく動かなかった。疲れていたが、頭の中で色々な考えがぐるぐると回って、眠れそうにない。

ぼんやりとティアナの横顔を見つめながら、ふと、自分は今何をすべきか気づいた。

おもむろに立ち上がったルクレツィアを、ティアナはいぶかしげに見る。

川辺まで近づくと、袖口（そでぐち）を破いて水に浸した。春の夜はまだ肌寒く、川の水もびっくりするほど冷たい。

冷たすぎて手が痛かったが、力を込めてきちんと絞（しぼ）る。

そうしてティアナの前に座った。

「ルクレツィア様？」

「じっとしていて。顔中汚れているわ」

慣れない手つきで、煤（すす）だらけの頬（ほお）を拭（ぬぐ）ってやる。

びっくりしたように固まっているティアナを見ていると、彼女がまだ十八歳の少女で、ルクレツィアにしてみれば七つも下の妹のような娘であるということをいまさらに思い出した。

（しっかりしているし、聡明だわ。先ほど聞いた話では、これまでの人生は並大抵の苦労ではなかったでしょうに、気丈に頑張っている。この国の民がこうして立派な振る舞いをしているのに、私がめそめそとしているわけにはいかない……）

汚れを落とすと、きめの細かい白い肌が浮き上がってきた。

「わたくしは、やっぱりあなたが羨ましいわ。こんなに汚れていたってとても綺麗よ。笑っていなくたって、魅力的だもの。あなたの強くて綺麗な心がにじみ出た結果だと思うわ。だから、わたくしには無理して笑ったりしないでちょうだい」

そう言うと、ティアナは目を瞠ってルクレツィアをじっと見つめた。

そうして、浮き出るように、ふっと笑った。

じんわりと現れた穏やかな笑顔は、さっき彼女が話したような作り物ではなかったので、ルクレツィアは思わず手を止めた。

そして、つられるように、笑った。

「ルクレツィア様、あなたは綺麗ですよ」

唐突にティアナが言うので、面食らう。思わず手をひっこめた。

「……お世辞はいいわよ。自分でわかってる」

ティアナはくすくす笑いながら、首を横に振る。

「いいえ、あなたはマリー様というあまりに超越した存在がいたことで、ご自分の価値を見誤っているんです。周りにいた男性が国王ただ一人だったというのも問題ですね。今のあなたの笑った顔を、ぜひ陛下に見ていただきたかったわ。前から思っていたんですよ。

あなたって元は悪くないのに、磨かれることを拒否しているみたいって」

「ええ？」

困惑するルクレツィアをよそに、何やらティアナは妙なやる気を見せ始めた。

「折角ですから、道中で魅力的に見える方法を伝授させていただきますわ。大丈夫、簡単なことですし、私の言う通りにすればいいんです」

「い、いいえ、ティアナ。何もわたくしと一緒に追われる身になることはないわ。あなたは自分の村に戻ってちょうだい。わたくしはなんとか一人でやってみるから」

慌てて言い募るルクレツィアに、ティアナは冷静に返す。

「私も顔を見られていますし、あなたを連れて逃げた私をあいつらが放っておくとは思えません。今村に戻れば、村の人たちにも迷惑をかけてしまいます。それになにより、あなたが一人で都まで行くなんて、いくらなんでも無謀ですよ。一人で出歩いたことなんて、ないでしょう？」

う、とルクレツィアは言葉に詰まった。

実際、彼女はとことん箱入り娘なのだ。

大丈夫です、とティアナが言った。

「さぁ、今度こそ、寝てくださいね。主治医の命令です。明日はたくさん歩くんですから、今のうちに休まなくちゃ」

無理やり横にされて、ルクレツィアは苦笑した。

「わかったわ。寝ます。……でもティアナ、お願いがあるんだけど」

「なんですか？」

「また、歌ってくれないかしら。そうしたら、眠れそうだから……」

ティアナは驚いたようだったが、やがて優しい笑みを浮かべた。

夜の闇に、北国一の歌姫の子守唄が静かに響いて、ルクレツィアは瞼(まぶた)を閉じた。

The Last Queen

5

部屋の外からは、慌ただしく戦支度をする声がひっきりなしに響いていた。

机上に広げられた大きな地図に、軍勢を表す駒が置かれていく。

メルヴィンは両手を顎の下で組み、静かにそれを見下ろしていた。

「オズワルド軍は都を出て、アウガルテンとの国境に向けて進軍しています。数は三万。またアウガルテン領内でも、一部呼応する動きが見られ……」

かつてのアウガルテン王宮は、今ではメルヴィンの居城となっていた。その一室で各所からもたらされる報告を聞きながら、メルヴィンは部下たちに気づかれぬようそっと歯を食いしばった。

（父上……）

父であるアルバーンの凶報がもたらされたのは、ほんの三日前のことだ。エインズレイの都で起きた謀反は、遠い地にいるメルヴィンにはどうすることもできず、城壁にアルバーンの首が晒されているという噂に心臓を抉られる思いがした。

叔父のオズワルドとアルバーンはかねてより不和だったが、腹違いとはいえ実の兄弟であるオズワルドに対して、アルバーンは常に寛容であった。

（叔父上にとっては、逆にそれが屈辱であったようだった。だから父上には何度も忠告したのだ……）

浅黒い肌の大男が、メルヴィン、と声をかけた。メルヴィンの下で軍を率いているギル・ブロードハースト将軍だ。彼は乳兄弟でもあり、部下というよりは友人のように気安い。まさしく武人という言葉を絵にかいたような豪傑だが、普段はいたって温和で人好きのする男だ。

「明日には出発できる。こちらの数は、領内の兵力を合わせて一万五千といったところだ。数の上では分が悪い……叔父上殿はこちらを完全に潰すつもりだな」

「俺自身が一度落とした国だぞ。どう攻めればよいか、どこが弱点か、俺が一番よくわかっている……叔父上の動きはおおよそ読めるさ」

メルヴィンが今にもオズワルドの首を掻き切りそうな顔をしているところに、従僕の少年が慌ただしく部屋に駆け込んできた。

「殿下、ただいまブツュレ村から知らせが！　例の屋敷が襲われたようです。『あの奥様』が連れ去られ、行方がわからないと……おそらく領内に入り込んでいたオズワルド配下の仕業かと……」

がたん、とメルヴィンは音を立てて立ち上がった。

メルヴィンを中心に机を囲んでいた部下たちが、何事かという目でその蒼白な顔を仰ぐ。

しかし次の瞬間、今にも飛び出していきそうなメルヴィンの肩をギルが押さえ込み、どすんと椅子に座らせた。

「――っ、おい、ギル！」

「落ち着け。お前は今、俺たちの総大将なんだぞ」

「……わかっているさ！」

吐き捨てるように言って、自分を抑えるように拳を握りしめる。

先ほどまで感じていたのとは違う焦燥感が、メルヴィンの胸に広がった。

（ルクレツィア殿が連れ去られた……グレーティア元皇太后が、私の謀反に協力したという咎で捕らえられたと聞いた。叔父上はアウガルテン王家に関わる者を利用して私に罪を着せる気か……）

「……ギル、頼む。こんな時に割く人員などないだろうが、誰か人をやって彼女の行方を捜してほしい……」

握った拳が震えているのがわかった。

あの落城の日の、ルクレツィアの凜とした姿が今でも鮮やかに脳裏に蘇る。もう何度、その光景を反芻しただろうか。

喘ぐようなメルヴィンの言葉に、ギルはため息をつきながら硬い黒髪を掻いた。

「そんな真っ青な顔したお前の顔を、兵士たちに見せられるかよ。『あの奥様』のことはなんとかするから、明日までにはその顔なんとかしておけよ」

「……恩に着る」

メルヴィンは大きく息を吸い込んで吐き出すと、彼を囲む部下たちに視線を移した。

(すでに一度、自分の手で彼女の人生を壊したのだ。二度もその身に不幸を招くようなことになれば……)

地図を拳でひと叩きする。よく通る声が部屋中に響いた。

「明日の朝、日の出と共に出発する。叔父上――いや、オズワルドを必ず倒し、エインズレイを取り戻すのだ！」

彼を取り囲む部下たちが、呼応して声をあげた。

その様子を見ながら、ギルは肩をすくめた。

「――まったくお前、長い恋煩いをしたもんだな」

ルクレツィアには今いるのが一体どこの何という場所なのかわからなかったが、ティアナの頭の中にはかなり広域の地図が入っているらしい。

朝になると、追手を警戒しながらも山を下り、街道に出た。

街道沿いの宿場町が見えると、ティアナが一人で中に入った。

「追手が先回りしている可能性もあります。私が様子を見てきますから、ルクレツィア様はここにいてください」

やがて戻ってくると、彼女は先ほどまで着ていた袖を破いた服ではなく、簡素だがこざっぱりした旅装に着替えていた。

「追手の気配は今のところありませんでした。とりあえず、火事やら山歩きやらでぼろぼろですから、着替えてください。お屋敷を出るとき急いでいて、手持ちのお金があまりないのでこんなものしか用意できなかったんですけど。今後のためにもあまり多くは使えないし……すみませんが、我慢してください」

同じような衣服をルクレツィアに渡しながら、ティアナが言った。

お金を持ち歩く習慣などなかったので、当然ルクレツィアは無一文だった。お金の心配などしたことがなかったので、気を遣わせてしまい申し訳なく思う。

「まぁティアナ、ごめんなさい、全然気づかなくて……」

「いいんです。さあ、着替えてください。昨日から何も食べてませんから、あの町で何か食べましょう」

「……あのう、これ、役に立つかしら？」

そう言って恐る恐るルクレツィアが懐から取り出したのは、ティアナが見たこともないような大粒のダイヤモンドだった。ぎょっとした顔でルクレツィアとダイヤモンドを交互に見つめる。

「どうしたんですか、これ？」

「お母様の教えなの。衣服の下には、常にいくつか宝石を縫い付けておくようにって。ついつい習慣で、いまだに続けていたのだけど……これで必要なものは用立てられる？」

首をかしげるルクレツィアを呆れた顔で眺めて、ティアナはため息をついた。

「……昨日言ったこと、一部撤回します。あなたへの教育内容は、間違いではなかったみたいですね……。もしかしてほかにも持ってます？」

「ええ、あと真珠のネックレスと、エメラルドの指輪と、ルビーの髪飾りとそれから……」

「わかりました、もういいです。とりあえず旅費には困らなそうでなによりですよ」

苦笑するふうにティアナはダイヤモンドを受け取り、太陽に透かした。

「さっき町で聞いた話では、オズワルドが国境付近まで軍を進めているとか。メルヴィン様も進軍の準備をしているそうです。町の人たちも不安そうでしたけど、今のところすぐにこのあたりが戦場になるようなことはないでしょう」

ルクレツィアが着替え終わると、二人は町に入った。元の衣服に縫い付けていた宝石は、ひとまず胸元に入れておく。

門をくぐると、飲食店や宿が軒(のき)を連ねた大通りがのびていた。

行き交う人々の間には戦争が始まるかもしれないという漠然(ばくぜん)とした不安感が広がってはいるものの、少なくとも今は普段通りであろう宿場町の活気があった。

服装はあくまで平民の娘なので、それに見合ったそこそこの店に入り、ティアナが適当に食事を注文した。

「ルクレツィア様、あんまりきょろきょろしないで。怪しまれますから」

「ご、ごめんなさい。こうした場所は初めてで……」

物珍しくてついついおのぼりさんのようになってしまう。店内を見回すのをやめて、身を小さくした。

貴族の家に生まれて、結婚してからは王宮で過ごし、その後は田舎の小さな村で暮らしてきたルクレツィアにとってはすべてが初体験だ。

やがて恰幅のいい女将が、焼きたてのパンにベーコン、スープなどを運んできて、二人はしばしお腹を満たすことに集中した。

「こんなに美味しいもの、初めて食べたわ……ここにはそんなによい料理人がいるのかしら」

幸せそうに頬張るルクレツィアに、ティアナは苦笑した。

「空腹は最高の調味料なんですよ。お腹が空いたときはどんなものでも、とてつもなく美味しいんです。ご経験なかったんでしょうね」

そう言われると、確かにこんなに飲まず食わずのことは初めてだった。

「……そうね、わたくしは……都に難民が溢れた時だって、不自由のない食事をしていた……」

（そう、それできちんと対策をしているのかと陛下に意見をしたら、不快に思われて……）

おでこをぴんと指で突かれた。

驚いてティアナを見る。

「な、なに？」

ティアナは頬杖をつきながら、スプーンでスープをすくう。

「そうやって思い悩んでばかりいるから、眉間に皺が寄って可愛くなくなるんですよ。笑顔が大事だって、言ったでしょう？」

「そう言われても……」

「あと、その言葉遣いは少し崩してください。私たちはこれから、姉妹ということにしますから。普通の娘がそんなお上品に話していたらおかしいでしょう。名前も変えないと……あなたは姉のルイーゼ、私は妹のロッテ。いいですね？」

「姉妹？　あなたのような美人の姉だなんて、説得力ないわ」

「似ていない姉妹なんていくらでもいますから、大丈夫です。それに言ったでしょう、あなたは決して不美人ではないんですから、そういう卑屈なこと言わないでください。ほら、髪形もこのほうがずっといい」

　言われて、思わずルクレツィアは肩に流れた髪に手をやった。

　王妃だった頃も村で暮らしてからも、つねに髪はきちんと結い上げていたが、今はゆるやかに下ろし、耳から上だけ緩く編み込んである。着替える際、ティアナがやってくれたものだ。

「本当……？」

「ええ、自然で、普段より柔らかみがあります」

「そう……マリーがいつも髪を下ろしていたから、なんだかわたくしはそうしづらかったの……慣れなくて落ち着かない」

「わたくし、じゃなく、私って言ってください！」

「え、ええ、そうね……気を付ける……」

わたし、わたし、と口の中でぶつぶつと繰り返す。

一生懸命な様子に、ティアナがおかしそうにくすくす笑った。

「あなたって、びっくりするほど素直ですよねぇ。それって、美徳ですよ」

「そう……なの？」

「ええ、そうです」

「――ねぇ、君たちどこに行くところ？」

突然、隣の席の男が話しかけてきたので、ルクレツィアはびっくりした。

彼女を追ってきた兵士かと危ぶんだが、商人風の男が二人、こちらに笑いかけてくる。

「都よ。叔母(おば)に会いに行くところなの」

ティアナが笑顔で、嘘の設定を答える。

先ほどの自然な笑顔とは違うことが、今ならルクレツィアにはわかった。よそゆきの笑顔なのだ。

ティアナの笑顔に自信を持ったのか、男たちは視線を交わしてさらに距離を縮めてきた。

「俺たち今から仕事でエルシュタットまで行くんだけど、俺たちの馬車に乗っていかない？　戦争が始まりそうだっていうんで何かと物騒だろ。女二人じゃ危ないよ」

エルシュタットは、都へ行くには必ず通る交通の要衝（ようしょう）となる街だ。商業が盛んで、そこからは東西からやってきた多くの荷が舟で都へ運ばれている。

思ってもない申し出だったが、ルクレツィアは眉（まゆ）をひそめた。

見ず知らずの男たちが、突然こんなことを言うには、何か魂胆（こんたん）があるとしか思えない。

しかしティアナは、よそゆきの笑顔をさらに輝かせた。

「まぁ、本当？　いいのかしら？」

「もちろん。俺はブルーノ、こいつはウルリヒ。すぐそこに馬車を停めてあるんだけど、見てみる？」

「ありがとう。私はロッテ。姉のルイーゼよ」

さっさと和気藹々（わきあいあい）な雰囲気（ふんいき）になって、一緒に店を出ようとするティアナに、ルクレツィアは小声で話しかけた。

「ちょっとティアナ、そんな簡単に信用してしまっていいの？」

「私はロッテですよ、ルイーゼ姉さん」

「おかしいじゃない、何の面識もない私たちにあんなこと言って……オズワルド陛下の手下でないにしても、何かよくないことを考えているんじゃ……」

「あの人たちは、この店の常連客で、店の女将さんとも顔見知りの商人です。ディルザッハの町に店があって、これからエルシュタットへ仕入れに行くところ。私たちは行きずりの人間ですけど、向こうの身元はちゃんとわかっているし、下手なことはできないでしょう」

見ず知らずのはずの相手について、すらすらと情報を出してくるティアナに、ルクレツィアは目を瞬かせた。

「……どうしてそんなに彼らに詳しいの？」

「さっき彼らが、女将さんと話しているのを聞きました。私たちに声をかけたのは、男だけの旅に、ちょっと潤いがほしくなった、というところでしょう。今回の内乱についても、商売に関わるので真剣に話していたから、女二人を危ないと思ったのも本当だと思います」

いつの間に、という顔をすると、ティアナはふふ、と笑った。

「目が見えなかった分、耳はいいんです。慣れた相手なら、目を瞑っていても足音だけで誰だかわかりますし、かなり離れた場所の声も聞き取れますよ」

案内された馬車はそれほど大きくはなかったが、幌がかかった荷台には何も乗せられていなかった。これから仕入れた品を積むためだろう。

「行きは荷台があいてるから、ここに乗って」

「本当にありがとう。とても助かるわ。実は心細いねって、姉とも話していたの。ね、ルイーゼ姉さん」

「え、ええ、そうね……」

促されて相槌を打つ。

二人が荷台へ乗るのに手を貸しながら、ブルーノとウルリヒは機嫌よく笑った。

「こっちこそ、こんな美人姉妹と旅ができてうれしいよ」

（美人、姉妹……）

ティアナがいるだけで、たいしたことのない自分もそんなふうに思われるのか、とルクレツィアは不思議に思った。

「ルイーゼ姉さん、ほら、笑って。感謝の言葉は笑顔と一緒に！」

ティアナに肘でつつかれて、ルクレツィアは笑顔を作った。

「ありがとう……ございます」

「いいっていいって！　さあ、出発するよ」

がらがらと音を立て、馬車が走り始める。

幌の中に二人並んで座りながら、ルクレツィアはそれでも不安そうにしていた。

「本当に大丈夫かしら。人気のない場所で襲われたりしない？」

「もールクレツィア様ったら……男が女に声をかけるのなんて、礼儀みたいなものですよ。女から笑顔で感謝されることで、彼らは自分の男としての有り様を再確認しているだけなんですから。それが若くて美人が相手なら、さらに嬉しいってだけで」

「そ、そうなの？」

「そりゃあ、もしもそこで発展があれば嬉しいっていう、多少の下心くらい持ってるでしょうけどね。でもそれを相手の合意なしに実行する輩なんて、ごくわずかのろくでなしですよ。まっとうな商人ならそんな危ない真似しませんし、万が一のことがあれば私がお守りしますから、安心してください」

そう言ってティアナは、すっと小刀を取り出してみせた。

「……そんなものをどこに持っていたの？」

「目の見えない女にとって、夜這いはよくあることでしたからね。眠るときはいつもこれを握っていました。今でもね。あなたの宝石と同じで、習慣なんです。私に怪我(けが)をさせられた男は、両手の指じゃ足りない数ですよ。急所は心得てます」

それだけ身の危険にさらされていたということだろうに、ティアナはさらりと言ってのける。刀の刃をひたひたと人差し指で叩きながら不敵に笑う様子に、ルクレツィアはおかしさ半分、悲しさが半分だった。

そんな思いをしている民がいることを、全く知らなかった自分が不甲斐(ふがい)ない。

「……私は、本当に何も知らないのねぇ……」

肩を落とすルクレツィアに、ティアナは肩をすくめた。

「そりゃ神様じゃないんですから、当たり前でしょ。森羅万象(しんらばんしょう)を知り尽くして、常に最善の判断ができる人なんていません。あなたは完璧(かんぺき)を求めすぎです」

「でも、完璧を求めなくては、完璧になることは決してないわ。まず目指すことは必要よ」

そう言うと、ティアナは呆(あき)れたようにため息をついた。

「……ええ、正論ですねぇ。もちろん、目標は高く持つべきです。でも、人間は完璧じゃない。それはあなたが一番わかっているのでは？　誰もかれも不完全だってことを前提にしなきゃ、何もできませんよ。完璧ではないから、みんな互いに補(おぎな)い合って生きていくんだと思いますけどね」

意外なことを言われて、ルクレツィアは何も言葉が出てこなかった。

ティアナの言ったことは、なんだか納得がいかないようで、しかし妙に納得がいく気もする。

「あなたは自分に厳しすぎますよ。もう王妃じゃないんですから、もっと楽に考えればいいのに……」

ティアナはそれきり黙ってしまったので、ルクレツィアはがたごとと響く車輪の音を聞きながら、膝を抱いて流れていく風景を眺めた。

(自分に厳しい……？　当たり前のことを当たり前にしているだけのつもりなのに……)

すると前の席からブルーノが顔を覗かせて、「よかったら食べなよ」と包みを手渡す。中には焼き菓子が入っていた。

「まぁ！　ありがとう、これ大好きなの！　ねぇ姉さん！」

ぱあっと笑うティアナに、ルクレツィアも慌てて笑顔を作る。

「え、ええ。ありがとうございます」

ルクレツィアは素直に感動した。

彼らが親切にするのは礼儀だ、とティアナは言ったが、しかし自分がこんなふうに見ず知らずの人間に対して振る舞えるかというと疑問だ。

これを世間では当たり前のこととして皆が行っているというのであれば、この国はなんて素晴らしい国だろうか。そう思った。

（知らないことばかり……こうして立派に振る舞う民もいる……王妃だった頃に、もっとこの国を知りたかった……）

夕暮れ時に、目的地であるエルシュタットに到着した。

男たちは行きつけの宿があるといい、二人にもそこを紹介してくれた。

清潔感のある簡素な宿で、料金もそれほど高くなかったのでティアナたちはありがたく部屋を取ることにする。

「なあ女将、誰か都まで行くやつはいないかな。このお嬢さんたちを送っていってやってほしいんだよ」

宿の一階にある酒場で夕食をとりながら、ウルリヒが女将に尋ねた。

いかにも明るく働き者といった風情の女将が、きびきびと動きながら話を聞く。

「この娘さんたちだけで都に？　そりゃあ危ないねぇ」

「そうだろう？　俺たちみたいな紳士がついてないと」

「あんたたちが紳士？　あっははは！」

呆れたように笑ってから、女将はまじめな顔で考えるように言った。

「確かに、誰か一緒のほうがいいだろうね。……ちょうど、この街に滞在していた旅芸人の一座が、明日には都のほうに向かうって聞いたよ。ここにも何度か食事に来てくれたけど、気のいい人たちでね。……おや、噂(うわさ)をすれば、ちょうどやってきた」

がやがやと騒がしい集団が入ってきたので、ルクレツィアもつい目をやる。

一風変わった異国風の服装をした老若男女(ろうにゃくなんにょ)が十名ほど、笑いあいながら席に座った。

「女将、適当に持ってきてくれ。今夜はここでの最後の晩餐(ばんさん)だ」

座長と思われる年配の男が、愉快そうに言った。

女将は「あいよ」と明るく請け合い、給仕の女たちに手配をさせてまずは酒を円卓いっぱいに置いた。

彼らが口をつけた頃を見計らい、座長の男に話しかける。話を聞いた男がルクレツィアたちをちらりと見た。

「ほー、こりゃ別嬪(べっぴん)だ」

「どうかね。途中まででも、あんたたちの馬車に乗せてやれないかい？」

男がまるで値踏みするように上から下まで眺めるので、ルクレツィアは居心地がわるかったが、ティアナは例の笑顔を引っさげて進み出た。

「こんばんは。私はロッテ。こちらは姉のルイーゼです」

「俺はエルマーだ。この一座を率いてる」

「お会いできて光栄です、エルマーさん。みなさんは、どんな芸をされているんです？」

「主に曲芸だな。小さいやつだが動物も連れてる」

先ほどからティアナをちらちらと見ていた一座の若者たちが、話に割り込んできた。

「親方、この子たち連れていくんですか？」

「俺たちは大歓迎ですよ！　ねぇ、こっち座って一緒に飲まない？」

陽気に誘う彼らに笑いかけながら、ティアナはエルマーに向き合った。

「エルマーさん、お邪魔はいたしませんから、できることならご一緒させていただけませんか？　言っていただければ、私も姉も、なんでもお手伝いしますので」

エルマーは少し考えるようなそぶりをして、「なんでも？」とつぶやいた。

「そうだな……あんたたち何か楽器はできるかな。歌や踊りでもいい。ここのところ若い娘がなかなか入ってこなくて、芸に色気が欠けるんで困ってたんだ。俺たちの公演に少し協力してもらえるとありがたいな」

それなら、とティアナは顔を輝かせた。

「私、歌とリュートが得意です。姉は……」

ティアナがルクレツィアに小声で伺う。

「踊りはともかく、歌は歌えますよね？」

「え、ええ……でも人前で歌うことなんてなくて……できれば楽器がいいわ。子どものころから習っていたから、竪琴と横笛はある程度できると思う」

うなずくと、ティアナはエルマーに「姉は私と一緒に楽器を」と曖昧に答えた。

「美人姉妹の演奏と歌か。いいねぇ。おいお前ら、楽器を貸してやれ。聴かせてもらおう」

突然演奏を要求されて、ルクレツィアは心臓が飛び出るかと思った。

酒場はほぼ満員で、客たちは何か演奏が始まると聞いてはやし立ててくる。

横笛を持たされて固まっているルクレツィアに、ティアナはそっと囁く。

「ここは私がなんとかしますから、適当に合わせていただければ結構です。『光の春』はご存知ですか？」

ティアナが挙げた曲名は、アウガルテン国内では誰もが知っている曲で、演奏の難易度も低い。

練習したことがある曲だったので、ルクレツィアはうなずいた。

「習ったことがある。覚えていると思うわ」

「では」

そう言うと、ティアナはリュートを借りて椅子に腰かけた。細く長い彼女の指が弦を弾くと、軽やかな調べが響き渡る。

そうして歌い始めると、騒がしかった酒場は一気に静まり返った。

（歌姫と呼ばれるのも当然だわ……）

ルクレツィアもすっかり聞き惚れた。

子守唄とは次元の違う、玄人の歌だ。こんなにも美しく力強い高音を、聴いたことがない。

春の木洩れ日が、眩しい光が見える気がした。村で見た光景だ。

やがて笛がそこに加わる。

ルクレツィアは、音楽の教師に教わったことを思い出しながら歌口に唇を沿わせた。

（大丈夫、多少間違っても、うまくなくても、ティアナの歌と演奏だけで十分聞きごたえがあるもの……私の演奏なんてあくまで添え物よ……落ち着いて……）

体は思いのほか旋律を覚えていて、するりと演奏に入ることができた。

大きく失敗することもなく曲が終わり、笛を下ろす。

と、万雷の拍手と歓声が鳴り響いたので、ルクレツィアはびっくりした。

「いやー、驚いたね！　あんたたち本当に素人か⁉」

エルマーが頬を上気させて、二人の肩をばんばんと叩く。

女将やブルーノたちも、びっくりしたように笑いながら手を叩いてる。

(よかった……満足してもらえたみたい)

ルクレツィアはほっと肩をなでおろした。

ティアナと目が合う。

彼女はなぜか、呆けたような顔をしているので、ルクレツィアは不思議に思った。

「どうしたの、ティ……じゃなくて、ロッテ」

「……あなたって、底が知れない人ですね」

「え?」

「今の演奏、昔習っただけでやったんですか? 本当に?」

「ええ、実家にいた頃、たしなみとして習ったのだけど……。私どうしても楽譜が苦手で、なかなか上達しなかったのよ。それが悔しくて、とにかく何度も何度も繰り返し練習したものだから、いまだに体が覚えているみたい。変だったかしら……?」

美しい顔を複雑そうにしかめて、ティアナは大きくため息をついた。

「……いいえ、恐ろしく素晴らしかったです。腰が抜けるかと思った」

「え?」

「そのへんにいる楽師より、よっぽどお上手ですよ。……昼間の言葉、訂正します。あなたの完璧主義って、いい方向にさえ使えば末恐ろしい力だわ……」

観客たちは口々に二人を褒めそやし、「もう一曲！　もう一曲！」と声が上がった。

思いもよらず腕前を褒められ、ルクレツィアは当惑しつつ頬を染めた。

何かを褒められることなど、今までの人生になかったのだ。

「その……ティアナ、あなたの歌も演奏も、本当に素晴らしかったわ。私も、もう一曲聴きたい」

はにかみながらそう言うルクレツィアに、ティアナは肩をすくめて笑い、「ではもう一曲。一緒にね、姉さん」とリュートを抱えた。


無事旅芸人たちの馬車に同乗させてもらえることになった二人は、荷台に積まれた動物や小道具に囲まれながら旅をすることになった。

都までは、順調に進んでも四日ほどかかる。

一座の人間はみな明るく親切だったから、楽しい旅になった。彼らはちょっとした芸事を教えてくれたり、逆に二人に楽器や歌を教わりたがった。

途中に寄った村や町では、約束通りルクレツィアたちも歌と演奏を披露したりもした。一座の一員に溶け込んだおかげで、追手がいたとしても彼女が元王妃だとは気づかれないだろう、とティアナは話した。

実際、平穏な旅だった。

しかし聞こえてくる話では、国境付近の城に陣取ったオズワルドに対して、メルヴィンがついに兵を挙げたという。

「メルヴィン様も、すでに兵を率(ひき)いて都から出たようです。王位をめぐるこの戦いに、ご自身が出陣しないということはないでしょうから……。足取りを追わないと、お会いできそうにないですね」

小さな村で昼食をとりながらそう話し、ティアナはため息をついた。

「このまま都に行っても意味がないわ。戦(いくさ)が始まる前に、メルヴィン様の陣営にたどり着かないと……」

スープをすくい、ルクレツィアも眉(まゆ)を寄せた。

「そうね。でもお会いできたとして、私がおわかりになるかしら。落城の時にお会いしているはずだけれど、私の顔など覚えていらっしゃらないでしょう。正直、あの時は混乱していたし、五年も前のことで、メルヴィン様がどのような方だったか私のほうも記憶がかなりおぼろげだわ……」

「身分を証明することが難しいというのは確かにありますが……」

二人が顔を突き合わせて話していると、一座の若者が二人、がやがやとやってきた。

「ルイーゼ、ロッテ、何難しい顔してるんだい？」

「あら、ちょっとした女同士の話よ。――まぁ、綺麗なお花ね」

ティアナは笑顔を作って、彼らが持っている色とりどりの花を見た。

若者たちは、少し気恥ずかしそうにその花を差し出す。

「これはロッテ、君に」

「こっちはルイーゼに。向こうに綺麗な花畑があるんだ。見に行かない？」

花束を受け取って、ルクレツィアは目をぱちくりとさせた。男性に花などもらうのはもちろん初めてだ。

（こ、これは何？　ああ、でもとにかくお礼を……お礼は笑顔で……）

「あ、ありがとう、とても綺麗ね」

うまく笑えたかどうかはわからないが、ともかくもここ数日、ティアナの教えを確実に実践し、笑顔を忘れず、言葉遣いも平易なものにしていた。そのおかげかどうかはわからないが、皆こうして親しげに関わってくれる。

若者は照れたように笑って、「あっちだよ」とルクレツィアの手を引いた。ティアナともう一人の若者も連れ立って、村はずれまでしばしの散策が始まった。

「二人は都の叔母さんのところに行くんだろ？　ずっとそこで暮らすの？」

「さぁ、わからないわ。しばらくは叔母さんのお世話をしないといけないけど」

「うちの一座に入ればいいのに。本当に、ロッテの歌は素晴らしいし、ルイーゼの笛は聞き惚れるよ」

言われて、ルクレツィアは頬を染めた。なんだか気持ちがふわふわする。

慣れない賛辞と優しさに、いまひとつどうしていいのかわからないのだ。

やがて風に揺れる花畑が見えてきて、ルクレツィアとティアナは花輪を作ったりしながら、若者たちとのんびりと過ごした。

（普通の娘だったら、こんな時間が当たり前だったのかしら……）

広い空を眺めながら、そんなことを考える。

ふと、どこかで馬のいななきが聞こえた気がした。

やがて地鳴りのようなものが響いてきて、ティアナも若者たちも、いぶかしげに辺りを見回す。

「何の音……？」

煙が立ち上っているのが目に入った。

村の方角だ。

若者たちが、慌てて高台に向かう。ティアナもルクレツィアもそれに続いた。

見下ろした先にある小さな村から、いくつもの炎が上がっていた。その中を人々が逃げまどっている。逃げる人々の後ろから、兵士が追って矢を射かけていた。

矢が走る村人たちにいくつもあたり、ぱたぱたと倒れていく。

兵士たちの掲げる旗にオズワルドの紋章が描かれていることに気づいて、ルクレツィアは背筋の凍る思いがした。

（まさか、すでにここまで攻め込まれているの!?）

「そんな、座長たちが……！」

若者たちが、慌てて村に向かって駆け出す。

「待って、行ってはだめよ！」

ティアナが声をあげた瞬間、若者たちの前に騎馬の兵士たちが飛び出してきた。一瞬にして槍で突かれ、二人はその場に倒れこむ。

ルクレツィアは悲鳴を上げそうになったが、喉が張り付いたように声がでなかった。体が硬直して動かない。

（逃げなきゃ……）

「ルクレツィア様、走って！」

ティアナに腕を摑(つか)まれてようやく足が動き、そのまま転がるように花畑を突っ切った。

しかし後ろから迫る馬の足音はすぐに耳元までやってきて、馬上の兵士の手がルクレツィアに向けられる。

思い切り体を引っ張り上げられ、ルクレツィアは身をよじって叫んだ。

「いや！」

馬の上に腹ばいに乗せられる。

後ろを見ると、ティアナも同様にほかの兵士に担(かつ)ぎ上げられていた。

「ティアナ！」

その様子を見ながらようやく悟った。

女は戦場での戦利品だ。

犯され殺されるか、売られるか。

ティアナも自分も、ここで捕らえられるということはそういうことだ。

元王妃が捕らわれるより、ただの女が捕らわれることのほうが、残酷(ざんこく)な道が待っているに違いない。

なんとか逃れようと身をよじったが、ルクレツィアを捕らえた兵士は彼女を思い切り殴りつけた。

意識が一瞬遠くなり、目の前が真っ白になる。

（いや……いやだ……）

馬は森に入っていく。

（逃げなきゃ……なんとかして……）

手を伸ばすと、馬の手綱に触れた。ルクレツィアは朦朧とした意識の中で、思い切り手綱を引いた。

馬が突然進路を変え、急斜面に突っ込む。

乗っていた兵士とルクレツィアは、飛ばされるように馬から振り落とされた。

地面に打ち付けられる、と思った瞬間、ルクレツィアは意識を失った。

6

目が覚めると、あたりはすっかり闇に包まれていた。

木々の合間から星が見える。ルクレツィアは地面に横たわりながら、しばらくぼんやりとその光を見つめた。

（どうなったの……私は生きているの……）

右手をゆっくり動かしてみる。土をひっかいた。

次に左手を動かし、両手で地面を押した。

恐る恐る上半身を起こすと、大きく息を吐いた。

あちこち体が痛む。しかし幸い、大きな怪我はなさそうだった。

あたりを見回すと、少し離れた木の陰に人が倒れているのが目に入った。ルクレツィアを攫った兵士だ。

そっと近づいてみると、打ち所が悪かったようで、息をしていなかった。

（運がよかったんだわ、私……こうなっていても不思議じゃなかった……）

ぞっとして体を両手で抱きしめる。

ルクレツィアは肩で息をしながら、心臓がばくばくと鳴るのを感じた。

（今のうちに逃げなくちゃ……。まず、まずはティアナを探さないと……）

落ちてきたと思われる斜面をよじ登り、木の陰からあたりを窺う。森の中はすっかり静まり返り、人の影も見えなかった。

ともかく先ほどの村に戻ろうと、来た道と思われる方角を引き返す。

しばらく歩くと、あの花畑に出た。

昼間はあんなに穏やかで綺麗だと思った場所だが、今ではどこも踏み荒らされ、ところどころに血だまりが見えた。

泣き出しそうになりながら、体を引きずるように村に入ると、そこにも動いている者は誰もいなかった。

焦げた臭いが充満した村は、すっかり廃墟だ。

月明かりの中、乗せてもらってきた馬車が横倒しになっているのを見つける。

一座の者たちの遺体もいくつか目に入ってきて、体ががくがくと震えた。

村は略奪され、男は殺され、女は連れていかれたようだった。

へなへなと、その場に座り込んだ。

（ティアナ……）

ぎゅっと両手を握りしめた。

あの宿屋に、炎の中助けに来てくれたティアナを思い出す。

（助けないと……今度は私が……）

ゆっくり深呼吸をする。どうすればいいか考えなくてはならない。もう自分を助けてくれる誰かはいないのだ。

（馬の足跡を辿るしかないわ……どれもさっきの森の方角に続いてる）

のろのろと立ち上がると、来た道を引き返す。

月明かりを頼りに、足跡を追って森に入った。

どこかで梟が鳴いているのが聞こえる。

ルクレツィアは、体がずっと震えているのを感じた。味わったことのない孤独感による恐怖だ。

ただでさえこんな場所を夜中に一人で歩くなんて、以前の自分では考えられないのだ。

生まれた時から、大勢の人間に囲まれて生活してきた。

国が滅びてからも、監視という役割であっても周りに人はいた。

それからはティアナがいた。

しかし今、本当に誰もいないのだ。

（一人であるというのは、こんなにも心細くて寂しいんだわ……）

風が木々を揺らしただけで、びくりと体を震わせる。

（誰かが傍にいるというのは、とてつもなくありがたいことなんだ……）

じわりと涙が浮かぶのをこらえながら、それでも森の中を進んだ。

どれほど時間が経ったのか、足が疲れて痛くてたまらなくなってきたころ、どこからか水音が聞えてきてルクレツィアははっとした。音のするほうへ進むと、月明かりに小さな川が輝いているのが見えたので、思わず駆け出す。

喉が渇いていたことをいまさら自覚して、両手で水をすくい上げ、ごくごくと飲み干した。勢いよく飲みすぎて、何度も咳き込んだ。

満足するまで飲むと、ようやくほっと息をつく。

（水ってこんなに美味しいものなんだ……お腹が空いているとなんでも美味しいと、ティアナが言っていたっけ……）

何気ないことすべてが、特別に感じる。何もかもがありがたく思える。

そうして、ようやく落ち着いてあたりを見回した時。

ぎくりとした。

人だ。

ルクレツィアから少しばかり離れたところに立つ、木の根元。そこに背中を預けるようにして座っている人影がある。

ルクレツィアは息を止め、身を固くした。

（誰……兵士？）

しばらく息をのんで様子を見てみたが、その人影は動かなかった。死んでいるのだろうか。

恐る恐る近づいてみる。

まだ若い男だった。といってもルクレツィアよりは年長だろう。息はあるようで、胸が上下しているのが見えたが、気を失っているのか眠っているのか、目を瞑っている。

身に纏う衣服から推し量ると、身分の高い騎士といった風情だ。

よく見ると、肩から血が流れている。服もあちこち破け、泥だらけだった。

（怪我をして動けないのかしら……先ほどの兵士たちとは違うみたいだけど……）

少しほっとした。

素性もわからない男ではあったが、一人の孤独に慣れていないルクレツィアにとっては、誰であろうと人が傍にいることになんだか安心する。

しかしそうは言っても、見知らぬ人物に対して用心するに越したことはなかった。

起こさないよう、そっとその場を立ち去ろうと、静かに足を踏み出した。

「……行かないで、ください……」

突然声をかけられ、ルクレツィアはびくりと体を震わせた。

振り返ると、男がうっすらと目を開けてこちらを見ている。男は苦しそうに切れ切れに言った。

「ああ……これは幻かな……あなたに会えるなんて……私が望んだから……」

（？　誰かと間違えているのかしら……）

ルクレツィアはどうしたらよいかわからず、その場で固まってしまった。

「あなたに……ずっと会いたかった……もう会えないかと……」

男はこちらに手を伸ばそうとしたが、痛みで顔をしかめてやめた。思わず、ルクレツィアは駆け寄って「動かないでください」と声をかける。

傷は剣で斬られたらしく、かなり深そうだ。

（きっと意識が混乱して、私が故郷の恋人か何かに見えているんだわ……かわいそうに）

危害を加えられることはなさそうだったし、身なりからしても身元の怪しい者でもなさそうだった。

とりあえず肩を縛って、止血する必要があるだろう。ルクレッツィアは、ティアナが怪我をした自分にしてくれた治療を思い出そうとした。

縛るものがないので、仕方なくスカートを破った。不慣れな手つきでそれを縛ると、次は傷に塗る薬草を探す。ティアナが作ってくれた薬に使った草の形と匂いなら覚えている。そうして恐らくこれであろうと思われる草を摘んで、石ですり潰した。

（こんな見様見真似でいいかわからないけれど、このまま放っておくわけにもいかない……）

傷口を水で洗い、薬草を塗った。

男はうっすらと意識があるようで、どこかぼんやりとそんなルクレッツィアを見ている。器などないので、手で川の水をすくうと、男の口にあてた。

「飲めますか？」

男は少しそれを飲んで、小さくつぶやく。

「……これはやっぱり夢かな……」

「まだ夢ではありませんよ。でもあなたは眠ったほうがいいでしょう。目を瞑ってください」

「……いやです……目を閉じたら、あなたはいなくなる……」

ルクレツィアは困って、できるだけ安心させるように優しく笑顔を向けた。

「いいえ、あなたが目を覚ますまで、ここにいます。だからどうか安心してください」

「本当ですか……？」

「はい。さぁ、あなたは休まなくては」

まるで子どもを相手にしているようだ、とルクレツィアは思った。この男は、もう死ぬのかもしれない。

男は目を閉じはしたものの、譫言のように何かをつぶやいていた。

「……今度こそあなたを……迎えに……この戦が終わったら……必ず幸せに……」

(相手は許嫁なのかしら……死んでしまっては、その人はさぞ悲しむでしょうに)

見知らぬその女性が、ひどく憐れに思えた。

男は苦しそうに息をしている。

ルクレツィアはどうしたものかと右往左往し、そうして地面の上で眠ったときの体の痛さを思い出した。怪我人にはさらに辛いだろう。

何度も逡巡し、そうして周りに人がほかにはいないことを改めて確認すると、思い切って手を伸ばした。

木の幹に預けられた男の上半身を抱え、自分の膝の上に頭をのせてやる。

(少しは楽になるかしら……)

男が少し目を開き、小さく笑った。

「……やっぱりこれは夢ですね……もう死ぬのかな……いいか、死んでも……あなたに会えたから……」

「だ、だめです！」

思わず、ルクレツィアは言った。

きっと今、自分は彼の恋人に見えているのだ。そうであれば、恋人の声に聞こえているはず。

「あなたは、私を幸せにしてくれるんでしょう？　死んではだめです！　必ず、会いに来てください！」

幻で見えている恋人がどんな女性かは知らないが、おそらくこういう時に言う言葉は誰であれ変わらないだろう。

そう思って、一生懸命話しかけた。

男は驚いたように口をつぐみ、やがて、目を閉じた。

効果があったのだろうか、とルクレツィアは不安になって男の顔を覗き込む。

その顔を見ながら、なかなか寝付けない自分に、ティアナがいつも歌を歌ってくれたことを思い出した。

（歌は人を安らがせる……本当は陛下をお慰めすべきだった……）

ルクレツィアは小さく、静かに、子守唄を歌いはじめた。

夜の闇の中で、その声は森によく響く。

やがて男の静かな寝息が聞こえてきて、ほっと胸をなでおろした。そうして彼女自身も、いつの間にかそのまま眠りについた。


川のせせらぎと、鳥の声が聞こえる。

瞼の裏に光を感じて、ルクレツィアはゆっくりと目を開けた。

朝の太陽が降り注いでいる。

（寝てしまったんだ……いけない、ティアナを追わないといけないのに……）

足にしびれを感じて下を向くと、男の顔が膝にのっかっていて、思わず悲鳴をあげそうになった。

（……ああ、自分でこうしたんじゃないの。まったく私ったら……）

男は眠っていた。死んではいなかったので、ほっとする。

昨夜は暗がりでよく見えなかったが、男は娘なら誰もが色めき立ちそうなほど整った顔立ちをしていた。無造作(むぞうさ)に散った長めの鳶色(とびいろ)の髪は、彼の容貌(ようぼう)によく合っている。貴公子然としながらも決して線が細いわけでもなく、体はよく鍛えられているようだった。

今更ながら、顔が熱くなった。

(こんな人の恋人のふりなんてしてしまった……膝枕まで……。この人の恋人であれば、さぞ美人なのでしょうね……)

そう考えると、一刻も早くここを立ち去りたかった。

今目が覚めれば、こんな明るい中ではもう幻にも見えないだろう。

そうっと男の頭を持ち上げ、膝から下ろす。

しかしずっと重いものがのっていたせいでひどく足がしびれて、しばらくその場から動けなかった。

「――おい、血の痕だ」

茂みの向こうから声がして、ルクレツィアは飛び上がった。

複数の人間の声がする。がさがさと、こちらに向かっているようだった。

ようやくしびれの取れかけた足をなんとか動かし、這(は)うようにしてその場を離れた。

「いたぞ！」

「無事か⁉」

「こいつ……心配かけやがって！」

そんな声が後ろから聞こえる。木の陰からそっと様子を窺（うかが）うと、どうやらあの男の仲間らしく、彼を囲んで歓喜の声をあげている。

（よかった……これであの人、助かるわね）

彼らが何者であるかわからない以上、このまま見つからないほうがいい。ルクレツィアは気づかれないように、小走りに走り出した。

（それにしても、あの人、どこかで見たことがあるような……）


メルヴィンが目を覚ますと、そこには見慣れた部下の顔があった。

「こいつ……心配かけやがって！」

ギルがほっとしたように、少し涙目で笑っている。

「……なんだお前か」

メルヴィンが掠（かす）れた声を出すと、ギルは「なんだとはなんだ！」と顔を寄せた。

「お前な、俺たちがどれだけ探したと思ってるんだ！」

「……やっぱり夢だよな、ああ、そうだよな……」

ギルに背中を支えられ、メルヴィンは体を起こした。右肩に痛みを感じる。

オズワルド軍との交戦中、斬られたのだと思い出した。敵の罠に嵌まり、メルヴィンは陣営から引き離され孤立した。血が止まらず意識が朦朧とする中、追手を振り切りなんとか逃げてここまで来て、動けなくなり……

とその時、肩に巻かれた布地が目に入った。

「……ギル、これお前がやったのか？」

「？　いや、最初から巻かれてたぞ。自分でやったんじゃないのか」

メルヴィンは瞠目し、何度も布を見て、頭を抱えた。

「夢じゃない……本当だったんだ……」

「なんだ、どうしたんだ？」

辺りを慌ただしく見渡すが、求める人の姿はなかった。メルヴィンはギルの胸倉をつかみ、必死の形相で叫んだ。

「すぐにこのあたりを探せ！　ルクレツィア殿がいるはずだ！」

「……は？　なんだって？」

「いたんだ！　傷の手当ても彼女がしてくれたんだ！　まだそんなに遠くまで行っていないはずだ！　……ああ、なんで夢だなんて思ったんだ、俺は！」

がしがしと鳶色の髪を掻きむしる。

ギルが少々呆れたようにそんなメルヴィンを眺めながら、「おい、誰かいるか探してこい」と部下に命令する。

「本当にいたのか？　妄想じゃないのか？」

「絶対、いたんだ……」

　耳に残っているのは、幻だと思ったルクレツィアの歌声。そして、安心させるように向けられた笑顔が、間違いなく脳裏に焼き付いている。

（屋敷が襲われたという報告があってから、行方が知れない……こんなところにいたなんて……）

「この辺りは昨日、オズワルド軍の別働隊が荒らしていた。すでに壊滅させて、生き残った者は捕らえてあるが、お前がうっかりその状態で見つからなかったのはまったく幸いだったな」

「そうか……叔父上とは早々に決着をつけてやらないとな……」

　しばらくして、騒々しい声が響いてきた。

「近づかないで！」

「こら、やめろ！」

どこかで女の叫び声がして、やがてギルの部下たちが、一人の娘を連れてきた。

「将軍。娘が一人、隠れていました」

そう言った男たちは満身創痍だった。体中、いたるところに傷を負っている。

彼らが押さえつけているのは、黒髪の少女だ。

ギルが不可解そうに部下たちの顔を見た。

「どうしたんだ、お前ら、その傷は」

「その、この娘が暴れまして……面目ございません。短刀でしたがなかなかの使い手で……」

両腕を摑まれた娘は、美しい顔でキッとメルヴィンとギルを睨んだ。

その顔を見て、ギルがぽんと手を叩く。

「お、どこかで見たことがあると思ったら、元王妃様のところの娘だな。ということは元王妃様も本当にこのあたりにいるのか……。おい、離してやれ」

ギルの部下たちが従うと、黒髪の娘——ティアナは突然、横に立っていた男の腰に下がっていた剣をさっと抜き放った。

「おい、こら、やめろ」

ギルが一瞬で、ティアナの手から剣を叩き落とす。

あまりの速さに、ティアナはぎょっとしてギルを見上げた。

「安心しろ、お前に危害は加えない。お前の主はどこだ？」

「……あんたたちはオズワルドの回し者？」

「逆だな。オズワルドとは敵対している」

「!! じゃあ、メルヴィン様の部下なの!?」

ギルはメルヴィンをちらりと横目で見ると、「そうだ」とだけ言った。

じゃあ、とティアナは膝をつく。

「お願いでございます！　アウガルテン王国元王妃、ルクレツィア様をお救いください！　村を襲ったオズワルド軍の兵士に連れさられて、行方がわからないのです！」


森を抜けると、白い城壁が見えた。

掲げられた赤い旗がメルヴィンの紋章だと気づいて、ルクレツィアは思わず走り出す。

（メルヴィン様がこの城にいるかもしれない！）

城門の前には兵士が立っていて、通行する者を検分している。

ルクレツィアは自分の恰好をよくよく見直してみた。馬から落ちたり歩き回ったりしてだいぶ汚れているし、髪もぼさぼさだ。服はあちこち破けている。これで元王妃です、と名乗り出るのは無理がある気がする。

（とりあえず中に入るしかないわ。それにしても、あのオズワルド軍はどこへ行ったのかしら。ここにメルヴィン様の軍隊が駐屯しているのであれば……）

ルクレツィアは、思い切って自分から兵士に声をかけた。

「あのう……すみません、昨日村が襲われて、連れ去られた妹を探しているのです。こちらの方角に、騎馬がやってはきませんでしたか？　馬に乗った兵士に連れていかれて……」

話しかけられた若い兵士は、ルクレツィアの様子を見て、憐れむような表情を浮かべた。どう見ても、村が焼かれて逃げてきた無力な女だったからだ。

「オズワルド軍は昨日、我々がすべて撃破し、捕らえてある。やつらが攫ってきた女たちは城の中で保護しているから、お前の妹もそこにいるだろう」

「……まぁ！　本当ですか!?」

ルクレツィアは心底ほっとした。それであればティアナはきっと生きているはずだ。

若い兵士は得意げに胸を張った。

「我らがメルヴィン殿下は、略奪や乱暴狼藉を決して許さぬお方なのだ。早く行ってやるといい。妹も待っているだろう」

「ありがとうございます！」

自然と笑顔で感謝の言葉を述べると、ルクレツィアは足早に門をくぐった。道行く人に尋ねながら、保護された人々がいるという教会に向かう。

小さな煉瓦造りの教会の中では、女や子どもたちが手当てを受けているところだった。彼らの顔を覗き込みながら必死にティアナを探すが、どこにもいない。

「あの、すみません。私、昨日村に伺った芸人一座の者なんですが……」

椅子に座っていた一人の女性に声をかける。女性はルクレツィアを見て、ああ、と声をあげた。

「笛を吹いていた子だね？」

「ええ、そうです。私の妹を見ませんでしたか？　歌を歌っていた子です。黒髪の……」

「ああ、あの綺麗な子……さあ、私はわからないね」

「そうですか……」

するとその横にいた年配の女性が「ああ、その子なら」と声をあげた。

「たぶん、逃げたんだと思うよ」

「え？」

「兵士の首を、こう、小刀でぐさりと刺して、馬から落っことしてるのを見たもの。それでその馬でどこかに走っていったよ」

「そ、そうですか！　ありがとうございます！」

（よかった……さすがティアナ。でもどこに行ったのかしら。きっと私を探しているんだわ）

手当てにあたっていた若い看護師がルクレツィアを目に留めると、「そこのあなた」と声をかけてきた。

「こちらにきて。傷だらけじゃない」

「あ、いえ、私は……」

そう言ってからよくよく自分の体を見ると、確かに浅いとはいえあちこちに傷ができていた。気が張っていて気づかなかったが、自覚してみると痛い。

「さあ、早く。手当てが終わったら、食事もありますからね」

優しく言われ、大人しく治療してもらうことにした。何よりお腹が空いていたのだ。

ついでに多少なりとも身だしなみを整えようと、顔を洗わせてもらった。ぼさぼさになった髪は、梳いて上部だけ軽く編み込み、半分は下ろしておく。ティアナにやってもらった髪形だ。以前のようにかっちりと全部結い上げるのは、なんだか自分でもお堅すぎる気がした。

（それにしても、どうしたらメルヴィン様本人に会えるだろう……門兵に私が元王妃だと告げたところで笑われるだろうし……）

手当てをしてくれた看護師たちは、きびきびと働いてる。その様子を見て、ルクレツィアはふと思いつき、声をかけた。

「あの、お城でお手伝いは募集されていますか？　何か私も、助けていただいたお礼がしたいのです」

戦時下では城壁内の住民たちも兵として徴用されたり、女子どもは炊き出しを手伝ったりする、というのを教師に聞いたことがあった。ルクレツィアはこれまで、実際にそこまでの総力戦を経験していなかったので、実際どの程度発生するものなのかはわからなかった。

すると看護師は「ええ、さっき炊き出しを手伝うようお達しが出ていたわ」とうなずく。

お礼を言って教会を出ると、ルクレツィアは城へ急いだ。

メルヴィンに謁見し、自分の身分が明らかになれば、その噂を聞いてティアナがここにやってくるかもしれない。ひとまずは、メルヴィンに会うことが重要だった。

それにはとにかく城の内側に入りこみ、メルヴィンを見つけ、直談判するしかないのだ。

正門までたどり着くと、女たちが列を作っていた。皆手伝いのために集まっているらしい。ルクレツィアもそっとその列に紛れ込んだ。

無事城の中に入ると、ほかの女たちと一緒に炊事場へ連れていかれた。

「はい、あんたたちはこっちで皮を剝いてちょうだい。あんたたちは水を汲んできて！」

現場を統括しているらしい中年の女が、てきぱきと指示を出している。ルクレツィアは皮剝きの班に回された。

しかし、貴族の家に生まれ王妃となったルクレツィアは、当然皮など剝いたことがない。見様見真似で包丁を扱ってみたが、渡されたジャガイモは見るも無残に小さくなり、皮どころか食べる部分もなくなった。

「ちょっとあんた、なにやってんの！　皮剝きもできないのかい⁉」

隣にいた老婆が、ルクレツィアの手元を見て声をあげた。

「す、すみません……」

見れば老婆はものすごい速さと正確さで、ひょいひょいと皮を剝いている。

「すごい……」

「当たり前だろ、何十年やってきたと思ってるんだい。あんたそんなこともできないんじゃ、嫁にいけないよ。ほら、こうやるんだよ！」

老婆は案外親切で、こつを色々と教えてくれた。言われた通りにやっていると、十個ほどこなした結果、ルクレツィアも人並みに皮が剝けるようになった。

「すごいわ、おばあさん！　ありがとうございます！」

「ほら、どんどん剝きな！」

皮が剝けるようになったのはいいのだが、このままではメルヴィンに会えない。どうやって抜け出し、王族がいるような場所へ入り込めばいいだろうか。

そう考えると、マリーは一体どうやってシメオンと出会ったのだろう、という疑問が湧いた。

（マリーは下働きだったと聞いたわ。つまりこうした皮剝きや水汲み、洗濯といった仕事が主だったはず。炊事場に陛下がいらっしゃるはずもないし……ということは何かのきっかけでマリーが陛下の目に留まる場所に出たんだわ）

黙々と皮を剝いている老婆に、恐る恐る尋ねてみる。

「……あのう、おばあさん、今このお城には、メルヴィン様はいらっしゃるんですか？」

「もちろんさ。私はあんな素敵な殿方見たことがないねぇ。私もあと五十歳若かったら

「……」

「メルヴィン様に会ったんですか!?」

夢見る少女のような顔つきになった老婆は、あくまで手元では皮を剝き続けている。

「会ったといってもお見かけしただけだけどね」

「どうやってですか？　あの、私もぜひメルヴィン様にお会いしてみたくて……」

「お城に入られた際に物陰から見ただけだよ。お会いするなんてこと、私たちにはできやしない」

「そ、そうですか……でも、あの、以前の国王の側室は、下働きだったのに国王陛下の目に留まったでしょう？　下働きでも、お会いする方法はあるんでしょうか？」

「ああ、『傾国のマリー』だね」

侮蔑を込めた言い方をして、老婆は顔をしかめた。

（そんな呼び名が付いたのね……）

「国を滅ぼした女だけど、まぁその出世っぷりはみんなの憧れだねぇ。なんでも、宴の準備の手伝いをしていたマリーを、たまたま陛下がお見かけしたとかって噂だけどね。偶然から始まるんじゃ参考にはならないさ」

「偶然、ですか……」

「偶然じゃなきゃ、あとは袖の下かね」

「え？」

「メルヴィン様の近くに控えている誰かにいくらか渡して、融通してもらうんだよ。とはいっても、会ってお話しなんてのは無理だろうね。近くでお目にかかれる場を設けてもらうくらいのことだ」

ルクレツィアは皮を剝きながら考え込んだ。

近くに行くことさえできれば、あとは非礼を承知でメルヴィンの前に進み出る。それしかないのかもしれない。

思わず宝石の入った懐を押さえた。

周りで皮を剝いている女たちが、老婆の話に加わってきた。

「なになに、傾国のマリーの話？　この間、演劇を見たよ。主役がマリーの」

「私も見たわ。王様との恋が切ないのよねぇ。ほら、王様が王妃様と結婚しないといけなくなる場面！」

「そうそう、自ら身を引くのよね」

どうやら流行っている劇らしい。五年も経つと、芸能の題材にされてしまうのか、とルクレツィアはなんだか空恐ろしい気分になった。

「それでさ、王妃様が悋気を起こしてマリーをいじめるじゃない」

「かわいそうなのよね、あそこ！」

（いじめた……!? 冗談じゃないわ、何それ！）

どうやらだいぶ脚色された創作になっているらしい。ルクレツィアは唇を噛んで皮を剝き続ける。

すると老婆が女たちをたしなめた。

「こらあんたたち、それは演劇の話で、本当のことじゃないだろ。王妃様まで侮辱するんじゃないよ」

「あら、だって王妃様は名家の出身なのを鼻にかけて、庶民のマリーにはひどくあたってたって噂よ」

老婆は相変わらずの速さで皮を剝きながら、「私の弟が以前、王宮で働いていてね」と話し始めた。

「王妃様はいつもマリーには親切にしてやっていて、まるで姉妹みたいだったと話していたよ。マリーを目の敵にしていたのは、皇太后様だったらしいね。そのへんの話が混ざっているんだろう」

「へええ、おばあさんの弟が王宮にいたのかい？」

「そう、あの日、城が落ちた時もいたんだよ、その場に。王様も王子様もマリーも死んで、城の中は大混乱だった。残された王妃様は王宮で働いていた者たちに、城の物は好きに持っていってていいから逃げろと言ってくださったんだとさ」

　意外だった。あの時あの場にいた者の身内という老婆に、ルクレツィアは目を向けた。話の内容は確かに、あの時のものだ。

「でもね、弟は逃げなかった。十五歳のころから王宮勤めしていたからね。もう歳だし、そこで死んでもいいと思ったんだろう。それで偶然にも、アルバーン様と王妃様の謁見の場に立ち会ったんだ」

　女たちは興味津々で話を聞いている。

「本当に？　すごいわね、歴史の証人よ」

「王妃様はそりゃあ殊勝に、アルバーン様に頭を下げて願い出たそうだよ。どうか城から逃げる者に危害を加えないでほしい、どうかこの国の民を慈しんでほしい。そのためなら自分の命を捧げるとね。アルバーン様は王妃様のお姿に大層感じ入って、弟は結局、その後無事に城を出ることができたし、私たち庶民は今、平穏無事に暮らしてるって話さ」

「おばあさん、初めて聞いたよ、そんな話」

　老婆はふん、と鼻を鳴らした。

「そりゃあ知ってる人間は限られるね。王妃様は今でもどこかに軟禁されているっていうが、お気の毒なことだよ。まだお若いだろうにね。……おやあんた、どうしたんだい？」

老婆に言われて、ルクレツィアは顔をそむけた。

「い、いいえ……ちょっと目にごみが……」

（忘れられていると思ってたのに……こうして私を覚えている人もいるんだ……）

本当は声をあげて泣き、老婆に抱き付きたい気分だった。

「ちょっとあんた、食材を運ぶのを手伝ってちょうだい」

人手が足りなかったのかルクレツィアが呼ばれたので、老婆に「ありがとうございました」と言ってその場を立つ。

城の裏門では、荷馬車が往来し物資と人がせわしなく行き来していた。届いたばかりの食材が入った箱を荷車に載せ、倉庫へと運んでいく。厩も並んでいて、そこにいる馬はどうやらメルヴィンや武官たちのものらしかった。

ルクレツィアは、荷車に載り切らなかった食材の箱を持ってよろよろと運ぶことになった。

こんなに重いものを持ったことなどない。腕がもげるかと思った。

（重い……でも物資は今のところ豊富なんだわ）

そんなことを考えながら、メルヴィンはどんな人物だろうかと考えた。

一度会ってはいるが、話もしなかった。しかしその後の国政を見る限りでは、優秀な人物なのだろう、と思う。

（シメオン陛下とは全く違う人柄でしょうね……怖い人かしら。厳しい人かも……いかめしい感じ？）

いつの間にか、ほかの女たちが運んでいた荷車は遠くに行ってしまっていた。ルクレツィアの非力な両手でこの荷物を運ぶのはかなり無理があるのだ。

恐ろしく遅い速度で、なんとか前に進んでいく。

人気の少ない石畳の小道に差し掛かった時、前方から言い争うような声が聞こえた。

「もういい、自分で探しに行く！」

「おい待て！　こら！」

その瞬間、誰かが思い切りぶつかってきた。

持っていた箱が腕からすり抜けるように落ち、詰まっていた野菜がばらばらとあたりに散乱する。

（ああ、なんてこと……！）

ルクレツィアは慌てて野菜を拾い始めた。

「すまない！　大丈夫か⁉」

ぶつかってきた相手が謝ってきたので、ルクレツィアは顔を上げた。

目に入ってきたのは陽光に照らされた鳶色の髪と、髪と同じ鳶色の瞳だった。

その目が大きく開かれて、どこかぽかんとした表情を浮かべている。

昨夜の傷を負った男だった。

まさかこんな場所で再会するとは思わなかったので、ルクレツィアも呆気にとられてしばらく蹲ったまま動けなかった。

そして、歩き回れるほど元気になったのか、と驚くと同時に、これだ、と思った。

ここにいるということは、おそらくこの男はメルヴィンの配下、もしくはその近しい人物の下に仕えているのだ。

（昨夜のことを覚えていてくれれば、話がしやすいわ。メルヴィン様のところに案内してもらえるかもしれない！）

「あ、あの……怪我はもう、よろしいんですか？」

話しかけると、相手はしばらく無言でじっとルクレツィアを見つめた。

「あ、覚えていらっしゃらないかもしれませんが……別の方と私をお間違えのようでしたので……昨夜、森でお会いして……」

「……いえ、覚えています」

覚えていると言われ、ルクレツィアは心底ほっとした。

「よかった。その……もしかして、メルヴィン様の麾下の方でいらっしゃいますか？」

「…………は？」

男は目を瞬かせる。ルクレツィアはこの機会を逃すわけにはいかないと、ぐっと詰め寄った。

「あなたにお願いがあるのです。少し、お時間をいただけませんか？」

戸惑ったような男の背中を、横にいた大男がどすんと叩いた。

「おーおー、時間ならあるよな。ほら、この野菜は俺が運んでおくから。じゃあな」

そう言って散らばった野菜を箱に詰めると、大男はどこか楽しそうに倉庫のほうへ向かって行った。

呆気にとられたような男は、ルクレツィアに向き合うと少し困ったような顔をした。

「突然、すみません。私はルイーゼと申します。今、炊事場で炊き出しのお手伝いをしておりまして……実はその、私……どうしてもメルヴィン様にお会いしたいんです！」

「…………」

「あ、あのっ、大変厚かましく非礼であることは重々承知なのですが！　どうか、お力をお貸しいただけませんか？　お近くでお姿を拝見できさえすればいいのです！」

「……何故、その……メルヴィン様にお会いしたいんです？」

そう聞かれ、ルクレツィアは必死に嘘の答えを探した。

「それは、その……ええと、大変素敵な方なので、もっとお傍に行きたくて……」

あの老婆の話しぶりからすれば、若い女がこう思ってもおかしくはないはずだ。

男は、ルクレツィアの顔をしげしげと見ながら、少し考えるそぶりを見せた。

しかしやがて、唇の端を上げ、にやりと笑った。

「……そうですか。わかりました。しかし、ただというわけには……あなたには昨夜助けていただきましたが、そうはいっても私は主を守るべき立場の者です。そう簡単に部外者を近づけるわけにはまいりません」

ルクレツィアは眉を寄せた。

（ずうずうしい男ね。介抱してあげた恩だけでも十分じゃないの……）

そう思いながらも、懐からエメラルドの指輪を取り出す。

「ではこれで。どうかお願いいたします」

渡された宝石に、男は少しぎょっとした。

そうしてルクレツィアの顔をしげしげと眺めた後、くすりと笑って肩をすくめた。

「いいでしょう。こちらにどうぞ」

そっと胸をなでおろす。うまくいってよかった、と思った。

彼の後についていくと、各所に配置された見張りの兵士たちが皆彼に敬礼をした。どうやら、思ったよりもかなり地位が高い人物のようだった。

ずかずかと城の奥まで進んでいっても、誰も彼を止めようとはしなかったし、その後ろにいるみすぼらしい恰好のルクレツィアに対しても、何も言われることはなかった。

両開きの頑丈そうな扉の前まで来ると、男はくるりとルクレツィアのほうに向きなおり、

「ここがメルヴィン様が執務室として使っているお部屋です。どうぞお入りください」

と促した。

ルクレツィアは思わず後退った。

まさか本人の部屋にまで入れるとは思わなかったのだ。

「え、あの、中に……？　さすがにそれは、まずいのでは……」

「いえいえ、どうぞ」

男は優雅に笑っている。思わず見惚れそうな笑顔だったが、ルクレツィアは背筋が寒くなる気がした。

（まさか私が中に入った途端、侵入者として捕らえる気では……）

そんな不吉な予感が脳裏をよぎった。しかしこの中にメルヴィンがいるなら、ルクレツィアにとっては選択の余地がない。

「……失礼いたします」

思い切って、一歩足を踏み入れる。

部屋はそれほど広くはなかった。

窓を背にして、大きく無骨な執務机が鎮座している。しかしその椅子には誰も座っていなかった。

ルクレツィアは抗議の声をあげた。

「あの……メルヴィン様は、どちらに……」

「──メルヴィン様！　どこに行ってらっしゃったんですか！」

ルクレツィアの言葉に重なるように、廊下の向こうから一人の少年が声をあげて駆け寄ってくる。

十五歳くらいだろうか、薄い色の金髪を後ろで束ね、そばかすの散った顔はまだあどけなさが残る。少年は「安静にするよう言われたじゃないですか！　大人しくしていてください！」と男に詰め寄る。

「あー……すまないな。しかし大事な用が……」

「傷口が開いたらどうするんですか！　さあ、今日だけでも寝ててください！」

「わかったわかった。話が済んだら休むから、今は大人しく下がっていてくれ」

「いいえ、だめです！　メルヴィン様はそうやって私をいつも煙にまくんですから」

（……メルヴィン様？）

ルクレツィアは彼らの会話を聞きながら、ぽかんと立ち尽くした。

やがて、段々と汗が滲むのを感じた。

足がかくかくと震えだす。

血の気が引いていくのがわかる。

自分の顔面は今、蒼白だろう。

（これは……つまり……そういう……こと？）

改めて男の顔をよくよく眺めてみる。

おぼろげな五年前の記憶の中で、アルバーンの後ろにいた、鳶色の髪の若者が重なった。

ルクレツィアは、小柄な体を丸め音を立てながら勢いよく床に膝をつき、がばりと頭を垂れた。

「ご、ご無礼をお許しください、メルヴィン殿下……！」

7

とんでもないことだった。

一度会ったことがあるというのに、顔を忘れて、その部下だと思い込み、あまつさえ袖の下を渡して手引きを頼んだのだ。

ほかでもない、メルヴィン本人に。

こんな非礼が、あっていいはずがなかった。

もはや名乗るに名乗れない。

(どうしよう……こんな無様なことはないわ……)

「頭を上げて、立ってください。──ルクレツィア殿」

名前を呼ばれて、硬直する。

そろそろと顔を上げると、メルヴィンが可笑しそうに笑っていた。

「すみません、あなたが私を覚えていないようだったので、ちょっといたずらをしてしまいました。騙した私が悪いのですから、謝らないでください」

「あ、あの……わたくしを……ご存じで？」

「ブッュレ村の屋敷が襲われたと報告があって、ずっと探していました。ご無事で、本当によかった」

　体の力が抜けて、そのまま座り込んでしまいそうなルクレツィアを、メルヴィンが慌てて支えた。

「大丈夫ですか？　こちらに座ってください」

　長椅子に案内され、茫然としたまま腰かける。

「それと、これはお返ししておきます」

　そう言ってメルヴィンは長椅子の前に跪き、先ほどのエメラルドの指輪をルクレツィアの指にすっとはめた。

　その指輪を見ると、顔から火が出そうな気分だ。

「と、とんだ振る舞いをお見せしてしまい……失礼いたしました……」

　メルヴィンはくすくすと肩を揺らした。

「いや、まったく、まさかあそこでこんなものを出してくるとは。お見事でした」

「……お恥ずかしい限りでございます、殿下」

今度は顔が真っ赤になっているのが自分でわかった。

(どうしよう、もうここから走り去りたい気分……)

先ほどの少年が、紅茶を注いだカップを差し出したので、ルクレツィアは「ありがとう」と言って受け取った。

メルヴィンもカップを受け取りながら、ああ、と声をあげた。

「ルクレツィア殿、この者を覚えていらっしゃいますか?」

突然言われ、ルクレツィアはきょとんとしてメルヴィンを見て、そして少年に目を向けた。

薄い色の金の髪に、そばかすの散った顔。

(どこかで見た……? ああ、そうね、見たことがある。この髪に、そばかす……どこか不器用そうな……そう、周りに馴染(なじ)めないでいた……遠くから私の話を聞いていた……)

「……カール?」

呼ばれて、少年——カールは、ぱっと表情を輝かせ、頭を下げた。

「お久しゅうございます、王妃様!」

あまりのことに、頭がすっかり混乱した。

小さな子どもだったカールは、今では身長だけならルクレツィアも超えている。

「お会いしとうございました！　ご無事で何よりでございます」

あの頃のような暗い影はなく、今では屈託のない笑顔を向けてくる。ルクレツィアは嬉しさと驚きで、「まぁ、なんてこと、まぁ……」と繰り返した。

「本当なの？　孤児院にいたカール？　まぁ……なんて立派になって！」

「今は私の身の回りの世話をしてくれています。よく気の利く子ですよ」

執務机に腰かけながら、メルヴィンが微笑む。

「まぁ……そうなのですか」

なんとも言えない感慨が湧いてきた。

王妃だった頃の自分。孤児院の子どもたち。その子どもが一人、今こうして成長して目の前にいる。

思わず少年の手を取った。

「……ああ、本当によかった。会えて嬉しいわ、カール。孤児院にいたほかの子たちは、元気にしているかしら？」

カールは嬉しそうに頷いた。

「はい。アルベルトはブロードハースト将軍の下で働いていますし、ダミアンは王立学院で首席なんですよ。マリアはこの間結婚して、今度子どもが生まれるそうです。……みんな、王妃様には今も感謝しております」

「……とんでもない。わたくしは何もできなかったもの……今あなた方がこうして立派に成長したのは、ほかでもないあなた方自身の力です」

「カールは最初、大変だったんですよ、ルクレツィア殿。『王妃様の敵だ』と言って私に剣を向けてきましてね……」

カールが慌てたように顔を赤くした。

「メ、メルヴィン様！」

「なんですって？」

ルクレツィアは愕然として、カールの顔を見た。

「カール、あなた何を……」

カールはしどろもどろになりながら、身を小さくした。

「わ、私は、王妃様が幽閉されていると聞いて、どうしても許せなくて……。王妃様は私たち孤児院出身の者にとっては、母も同然なのです。それで……」

笑いながら、メルヴィンが話を引き継ぐ。

「それで従僕の募集の際にこいつは王宮に紛れ込み、挨拶の最中に私に刃を向けたというわけです。なんとまぁ、小さいながらも忠義に厚いものだと感心しましてね。今ではこうしてここで働いてもらっています」

「カール、あなたそんなことを……？」

カールは俯きながら「も、申し訳ございません!!」と言った。

「私のような者に対しても、王妃様はいつもお優しく、本当に母のような存在でした。非力で何もできなかった自分が、歯がゆくて……」

「まぁ、カール……」

絶句した。

孤児院や病院での福祉活動は、あくまで王妃の義務としてこなしていたのだ。そんなルクレツィアのために、この少年は国の要人を暗殺しようとしたという。

「でも、そのような無礼を働いた私を、メルヴィン様はお許しくださいました。今では、喜んでお仕えさせていただいております」

カールに尊敬のまなざしを向けられたメルヴィンは、肩をすくめてみせた。

「その割にはさっきも随分遠慮がなかったぞ。……カール、彼らを呼んできてくれるか。それからルクレツィア殿に、湯あみと着替えを用意してくれ」

「かしこまりました。王妃様、失礼いたします」

頭を下げて部屋を出ていく。

ルクレツィアは思いもよらぬ再会に、まだ頭がぼんやりしていた。

「……殿下、カールのこと、ありがとうございます。本来なら、許されることではなかったでしょうに……」

するとメルヴィンは「そうですねぇ」と紅茶に口をつける。

「正直、こんな少年にこれほどのことをさせる女性とはどのような方か、大変興味が湧きました」

ルクレツィアは苦笑した。

「……がっかりなさったでしょう？」

「何故です？」

「わたくしは、カールの行動に値する人間ではありませんもの……」

メルヴィンが何かを言おうとした時、大きな音を立てて扉が開き、人影が飛び込んできた。

「ルクレツィア様！」

叫びながら思い切り抱き付いてきたのは、ティアナだった。

「ティアナ……！　無事だったのね！」

ティアナはルクレツィアを抱きしめながら顔をあげ、「それはこちらの台詞(せりふ)です！　どれほど探したか！」と泣き出しそうな表情で叫んだ。

「わたくしも探していたのよ。あなたが兵士を倒して逃げたと聞いて……」

「お守りできず、申し訳ありませんでした。ああ、怪我をされてますね？　やつらにひどいことをされたのでは？」

「大丈夫よ、わたくしもすぐに逃げたし、傷も手当てをしてもらったわ」

「ああ、本当に、よかった……」

ようやく安心したように、ティアナはルクレツィアを抱きしめていた腕を解いた。

「森で彼女を見つけました。あなたを大変心配していて、最初は暴れるのなんの、私の部下が半殺しにされそうな勢いでしたよ」

愉快そうにメルヴィンが言うので、ルクレツィアはまたも恐縮してしまった。カールのみならず、ティアナまで大変な罪を犯すところだったようだ。

「殿下、その、ティアナはもともと警戒心の強さが身についておりまして、おそらく反射的にやってしまったことなのです。どうか、お許しを……」

慌てて言い募るルクレツィアに、メルヴィンはすっと手をかざした。

「安心してください。その娘があなたのために忠節を尽くしていることはわかっています。……あなたにもう一人、会わせたい者がいるのです」

部屋の入り口に男が一人立っていることに、ようやくルクレツィアは気がついた。

二十歳過ぎくらいだろうか。長い黒髪を一つに束ね、落ち着いた物腰で、服装からは学者か何かに見える。

どこか怜悧な印象を与える切れ長の目を見て、ルクレツィアはどこかで会ったことがある気がした。

（……見覚えが……この青い目……この顔立ちは……）

男はルクレツィアの前に進み出ると、静かに膝をついた。

「お久しぶりでございます、王妃様。王宮にて医務官助手をしておりました、クラウス・フリッツでございます。……覚えておいでてでしょうか」

「……クラウス！　まぁ！」

ルクレツィアは思わず立ち上がった。

あの毒殺未遂を、忘れるはずがなかった。そして、それを侍女の姿で告発しにやってきた、少年のことも。

「まぁ……まぁなんてこと！　立派になりましたね、クラウス。あの後すぐに戦争が始まって、あなたとお母様の行方がわからなくて心配していたのです」

「王妃様のお蔭で、無事都を出ることができました。今は、小さな村で医師をしながら、医術の研究を行っております」

「そうなの……元気そうでなによりだわ。お母様はお元気？」

「三年前に亡くなりました。しかし大変穏やかな最期を迎えることができ、母も王妃様への感謝の言葉を口にしておりました。誠に、ありがとうございました」

静かに微笑を浮かべ、頭を垂れる。

そこにティアナが割って入った。

「もう、ルクレツィア様と知り合いだったのなら、言ってくれればよかったのに、クラウスってば！　私だけ何も知らなかったんじゃない！」

ひどく親しげな様子でクラウスに話しかけるティアナに、ルクレツィアは首を傾げた。

「クラウスを知っているの、ティアナ？」

「ええ。彼が、以前お話しした、私を助けてくれた医者です。クラウスのところで医術の勉強をしていたんですが、ある時突然、隣村の元王妃様のお屋敷に行けと言われて……おかしいと思ったんですよ。なんでそんな高貴なお方のお世話をするお話が、私に来るのかしらって」

ルクレツィアは思いがけない話に、戸惑いながらクラウスの顔を見た。

「クラウス、では、あなたがティアナをわたくしのところに？」

「はい。実はメルヴィン殿下とは、以前国の医療についての意見書をお出ししたのがご縁で、幾度かお目にかかる機会がございました。その際、王妃様のお加減がよくないので、誰かお世話をする者はいないかとご相談いただいたのでございます」

今度はメルヴィンに目を向ける。

ティアナの件は、聞いた話では担当の地方長官の取り計らいだったはずだ。

まさかメルヴィン自身が、わざわざルクレツィアの体調管理まで手配しているとは思わなかった。

「殿下、そのようなお気遣いをいただいていたなんて……」

「クラウスは私が思うに、今この国で最も優秀な医師であり、非常に頭が切れ、信頼できる人物ですよ。彼の推薦がある者なら、あなたの傍に置いて問題ないと思いました」

メルヴィンは笑顔でそう話した。

笑っている女はそれだけで可愛い、とティアナは言ったが、笑っている男性も大層魅力的なものだな、とルクレツィアは場違いなことを考えた。

そんなメルヴィンを横目に見ながら、クラウスが苦笑するように言う。

「あの時のお礼も兼ね、最初は私自身が王妃様の元へ伺うつもりだったのですが。しかしメルヴィン殿下が、男の医師はだめだ、と仰るので……」

「え？」

ルクレツィアが首をかしげる。

突然、ばん！　と机を叩いてメルヴィンが立ち上がった。

「……クラウス、余計なことは言わなくていい」

クラウスが「承知いたしました」とくすりと笑う。

ティアナが不服そうな顔をして、

「私、このことをさっき初めて知ったんですよ」

と愚痴った。

「メルヴィン様とクラウスが知り合いだったこと、私は知らなくて。そんな繋がりがあるのだったら、お屋敷からルクレツィア様が攫われた後も、もっと動き方があったのに……」

頬を膨らませるティアナに、メルヴィンがすっと進み出た。

「ティアナ。そなたの働きは誠に天晴れであった。そなたがいなくては、ルクレツィア殿は今こうして無事ではいられまい。私からも礼を言わせてもらう」

ティアナは思わぬ賛辞にぽかんとし、そして慌てて居住まいを正した。

「そ、そんな。恐れ入ります、殿下！」

「クラウスの人選は最善だったな。ルクレツィア殿、彼には何度も王宮の医務官にならないかと誘っているのですが、なかなか首を縦に振ってもらえないのですよ。今こうしてここにいるのは、あなたとティアナの行方がわからないのを心配して私を訪ねてきたのです。この機会にぜひ、あなたからも口添えを願いたい」

「……殿下、そのお話は……」

少しばつが悪そうな表情で、クラウスは話を止めた。

「殿下、肩のお怪我は軽くはございません。そろそろお休みください」

「あ、なんだ、ずるいな。そんな時は医師の権力を出してきて」

(随分気安い話し方をされるのね、メルヴィン様は……。お優しそうだし、思っていたのとは随分違うわ)

想像していた人物像とは大分かけ離れたメルヴィン本人を目の当たりにして、ルクレツィアはそんなことを思った。

どちらにしても、とティアナが言った。

「ルクレツィア様もお疲れです。メルヴィン様、ルクレツィア様を湯あみにお連れしてよろしいですか?」

もちろん、とメルヴィンが言った。そうしてルクレツィアに向き直ると、優しく微笑んだ。

「ルクレツィア殿、どうか安心して今夜はゆっくり休んでください。明日、お食事にお誘いしても？」

「え、ええ、ありがとうございます、殿下。喜んで」

ティアナに連れられ、部屋を出る。

背後で扉が閉まった途端、緊張が一気に解け思わず大きく息をつく。ティアナの腕をすがるように摑(つか)んだ。

「……ああ、ティアナ。わ、わたくし、メルヴィン様に数々のご無礼を……どうしましょう」

「そうなのですか？　まぁ、湯あみの時にお聞きしますよ。ルクレツィア様の言う無礼なんて、相手は気にしないような些細(ささい)なことですよ、きっと」

しれっと言われ、ルクレツィアは戸惑った。

「そ、そうかしら……」

「ルクレツィア様は真面目(まじめ)に考えすぎなんです。それにメルヴィン様って、とても気さくでいらっしゃいましたもの。怒ったりなさらないでしょう」

「でも、でもわたくし……膝枕に……袖(そで)の下まで……」

ティアナは思わぬ単語に驚いたようだったが、俄然興味が出たらしい。

「まぁ！　一体何があったんです？」


まどろみの中、ふかふかとした気持ちのいい寝台の上にいることに気づき、これは夢だろうか、と思った。

窓から朝日が差し込んでいる。ルクレツィアはしばらくぼんやりと、天井を見つめた。

普通の部屋で目を覚ますということがひどく久しぶりで、なんだか違和感があった。

（山の中や馬車の中で目を覚ますほうが、おかしいのだけれど……）

昨夜は久しぶりにゆっくりと湯に浸かり、その後は疲れがどっと出て、すぐに眠ってしまったらしい。

寝台の上で上体を起こすと、扉が開いてティアナが軽やかに滑り込んできた。

「あら、もうお目覚めでしたか。おはようございます」

おはよう、とルクレツィアも答えた。

ティアナに身支度を手伝ってもらいながら、改めて今日メルヴィンに会う時のことを考えていた。

昨夜一通り話を聞いたティアナは、しばらく笑い転げていた。そして、

「たくましくなられましたねぇ、ルクレツィア様！」

とよくわからない賛辞を述べた。特に、ジャガイモの皮剝き(かわむ)ができるようになった、というくだりが気に入ったらしい。

ただやはりティアナも、メルヴィンのことを覚えていなかったことについてはよろしくないだろう、という見解だったのだ。

「これ、ルクレツィア様にってご用意くださったんですよ。ひさしぶりにまともなものを着せて差し上げられますね」

ティアナが嬉しそうに、絹のドレスをルクレツィアに見せる。簡素な意匠(いしょう)だが、上等な品だと一目でわかった。

「殿下には本当に色々とお気遣いいただいて、ありがたいことだわ……。わたくし、何もお返しできるものがないのだけれど……」

「あら、そんなことないですよ」

ティアナがなにやら、いたずらっ子のような顔をする。

「ルクレツィア様が笑顔でにっこり微笑まれれば、それがメルヴィン様には大層なお返しの品になりますよ」

「いくらなんでも、笑顔ひとつではお返しになどならないでしょう」

「いーえ。これは行きずりの男たちへの軽い挨拶代わりの笑顔とは、訳がちがいます。メルヴィン様にとってはね」

ふふふ、とほくそ笑むティアナに、ルクレツィアは首を傾げる。

「どういうこと？」

「……ルクレツィア様ったら本当に、男女の機微には疎いんですから」

「？」

ティアナはやれやれと肩をすくめると、着付けの次はルクレツィアの髪を結った。

「メルヴィン様が、ルクレツィア様にご一緒に朝のお散歩はいかがですか、って。どうされますか？」

「まぁ、それはもちろん伺わなくては。喜んで、と伝えてちょうだい」

支度を整えて部屋を出ると、カールが迎えに来ていた。

「おはようございます、王妃様」

「おはよう、カール。……わたくしはもう王妃ではないのだから、その呼び方はやめてちょうだい。名前でいいのよ」

言われて、カールは少し戸惑った表情になったが、「はい、ルクレツィア様」と答えた。

「あの、でも……やっぱり私にとっては、王妃様は王妃様です。この国の王妃様でいらっしゃいます」

　ルクレツィアは、胸がじわりと温かくなり、それが全身に広がるのを感じた。カールの言葉は、ルクレツィアのこれまでの人生を、わずかながらでも肯定してくれるものだった。

（こんなにもありがたいことがあるだろうか……。たった一人でもいい。王妃としてのあの数年が無駄ではなかったと、そう言ってもらえるだけで、こんなにも救われる……）

「殿下がお待ちでございます。こちらへどうぞ」

　照れたように、カールが先導する。

　ルクレツィアは自然と頬が緩(ゆる)むのを感じた。

　案内されたのは城壁の上で、一定間隔で兵士が配置されている。赤いメルヴィンの旗がはためく中に、メルヴィン本人が佇(たたず)んでいた。

　その後ろには、立派な体格の大男が控えている。

「ルクレツィア殿、おはようございます。昨夜はよく眠れましたか？」

　メルヴィンが笑顔で歩み寄ってきて、ルクレツィアはなんだかどぎまぎとした。

　朝の眩(まぶ)しい光の中で、鳶色(とびいろ)の髪がキラキラと輝いていた。改めて見ると、明るい双眸(そうぼう)も、すっと通った鼻筋も、形のいい唇も、どこをとってもその容姿端麗(ようしたんれい)さに気後れする。

「おはようございます、殿下。お蔭様で大分体が休まりました。何から何までお気遣い感謝いたします」

「それはよかった。これはギル・ブロードハースト将軍。私の乳兄弟でもあり、軍のことは彼に任せています」

ギルを見て、ルクレツィアははっと昨日のことを思い出す。

「あ、あの、昨日野菜を運んでいただいて……」

ギルは快活に笑った。

「ああ！　そうそう、ちゃんと倉庫に持っていきましたから、ご安心を」

一見いかつい大男だが、笑うと人懐っこく優しそうで、ルクレツィアは安心した。

「ありがとうございました。将軍に荷物を運ばせてしまうなんて、大変失礼を……」

「いやぁ、元王妃様にあんな重いもの持たせちまって、こちらこそ申し訳ない。まぁそのお蔭であなたを見つけることができたので、何がきっかけになるかわからないものですね」

「そうですね」

ルクレツィアはくすりと笑う。

メルヴィンがすっと手を差し出した。

「ご案内します。少し歩きましょう」

ルクレツィアは作法通りに、その手に自分の手を重ねた。そうしてメルヴィンは城壁の上をゆっくりと、ルクレツィアを気遣いながら進んだ。

「肩の傷は、痛みませんか？」

「動かすと多少。昨日、クラウスに言われました。この傷は、最初の処置がとても正しく行われていた、と。あなたのお蔭で、治るのも早そうですよ」

「まぁ、クラウスが？　……あの時、以前ティアナがわたくしにしてくれたことを思い出してやったのですが……間違っていなくて何よりでした」

「あなたは記憶力に優れておいでだと伺いました。カールやクラウスによれば、孤児院や病院の人間すべての顔と名前を覚えていたとか」

ルクレツィアはぎくりとした。

「あの……ええ、その……」

メルヴィンは、どこか寂しそうな表情をする。

「カールのことは覚えていたでしょう。てっきり、私の顔も覚えていてくださっているかと思っていたのですが……」

冷や汗が出る思いだった。ルクレツィアは足元を見ながら、なんと言えばよいかと言葉を探した。

「……も、申し訳ございません、殿下。その、確かにわたくしは、名前と顔を一致させて覚えることを習慣としておりましたが……。殿下はわたくしを買い被(かぶ)っておられます。わたくしは、元々記憶力のよいほうではないのです。それを自分で知っているからこそ、忘れないよう、ひたすら何度も反復して暗記していたのでございます。ですから、そうして覚えたことは今でもだいぶ覚えてはいるのですが、王妃の座を降り、反復することをやめてしまってからは、どんどん記憶は薄れていって……その……言い訳になりますが……あの日、たった一度お会いした殿下に関しましては、記憶がおぼろげでございまして……」

段々声が小さくなっていく。

あの日、国が滅ぶというその時に、まともな精神状態であったはずがないということを理解してほしい、とルクレツィアは思った。国の崩壊と夫の死で、意識を失ってしまわなかっただけましだ。

必死になっているルクレツィアを見て、メルヴィンは途端に表情を変え、くつくつと笑った。

「ああ、よかった。では私の印象がすこぶる薄かったとか、そういうことではないのですね。安心しました」

「え、ええ、それはもちろん！　その、あんな時でなければ、殿下のような素敵な方を忘れたりはいたしません」

ルクレツィアが勢い込んで言い募ると、メルヴィンは目を瞠る。その顔がなんだか少し赤いように、ルクレツィアは思った。

二人は見晴らしの良い塔の上まで上がった。最上階はバルコニーのように広く造られていて、城の指揮官が全体を見渡すために立つ場所だろう、とルクレツィアは思った。

後ろからは、ギルとカールが離れてついてくる。

塔の上にはさわやかな風が舞い上がり、肩に下ろしたルクレツィアの髪を揺らした。

「――ルクレツィア殿」

「はい」

「私は、これから叔父と戦をします」

「……はい」

「必ず勝つつもりです。父を裏切った叔父を、私は許すことができません」

メルヴィンの横顔を見上げる。遠くにいるオズワルドを見据えるような目だった。

「私は、エインズレイの人間ですが、アウガルテンが好きです。叔父はこの国をただの属国としてしか見ていませんが、私はこの国をこれからも大事にしたいと思っています――

あなたの国を」

「わたくしも、殿下の勝利を願っております」

それは嘘偽りのない本音だった。実際に会ってみたメルヴィンは、国を託すに足る人物だと思えたからだ。

「私は、必ず勝って戻ります。戻ったら――」

躊躇(ためら)うように言いよどむ。そして意を決したように、メルヴィンはルクレツィアの目を見据えた。

「戻ったら――私の妻になっていただけませんか?」

吹いていた風が止まった。

音もなくなり、何も聞こえなくなった。

メルヴィンの鳶色の瞳の中に、自分が映っているのをルクレツィアはどこか他人事(ひとごと)の気分で見つめた。

(綺麗(きれい)な目……こんな目で見つめられたら、誰だって心を奪われるでしょうね。そうしてこんな美男子に妻になってくれと言われれば、どんな娘だって……)

「……………………………はい?」

ルクレツィアは、大げさなほどに首を傾(かし)げた。

（聞き間違い？　幻聴かしら……）

　思わず振り返って、彼の視線の先に誰か別の女性がいるかと確認した。しかし背後には誰もいなかったので、視線を戻す。

　メルヴィンは真摯な表情で、まっすぐにルクレツィアを見つめている。

「あなたを――私の正妃として迎え入れたいのです」

　ルクレツィアはしばらく呆けた。

　念のためもう一度背後を見たが、誰もいない。

（……こんな、世の女性すべてが憧れるような方が？　私を妻に？　すでに結婚歴があって、もう二十六歳になろうという年増を、正妃に？）

　思考が定まらなかった。

「…………あの、申し訳ありません、わたくし、冗談に慣れていないもので……こういった場合、どのような切り返しをすべきでしょう？」

　混乱しつつ恐ろしく真面目に答えてしまうあたりに、ルクレツィアの性格が滲み出る。

　メルヴィンが首を振った。

「冗談などではありません。突然このような申し出をして、戸惑われるかと思います。しかし私は、あの落城の日、あなたを見て思ったのです。国の母たる王妃に、これほど相応しい女性はいない、と」

　そう言われて、合点がいった気がした。

国を併合する時、または和睦の場合、有効な手段としてその相手方の姫君を妻にするのはよくあることだ。

「……わたくしが、アウガルテンの、正妃だったからですか？　両国の友好の証に？」

　するとメルヴィンはさっと顔色を変えて、「いいえ！」とルクレツィアの両腕を摑んだ。

「決して、政治的な意味であなたを妻にしたいと申し上げているのではないのです。私が、あなたという女性を妻にしたいのです！」

　それなら余計にわからない。何故自分のような女を望んで妻になどしたいのだろうか。

「殿下ほどのお方でしたら、ご縁談は山のようにございましょう？　名家の、若くて美しい姫君をお迎えになられるべきかと……わたくしはもう二十六歳になりますし……すでに一度夫がいた身で……」

「……それは、シメオン陛下を、まだ想われているということでしょうか？」

　意外なことを聞かれて、ルクレツィアはきょとんとした。

「い、いいえ？　その……そのようなことはございません。世間の噂通り、夫婦と言っても情のない関係でしたので……」

「では何が問題なのでしょう？」

「いえ、その、何と……いうと……」

「……私が、気に入らないということでしょうか」

「え？」

「私が……あなたの好みではないとか、どうしても生理的に受け付けないとか……」

自分で言って自分で落ち込んだらしいメルヴィンは、暗い顔ですっとルクレツィアの腕から手を離した。

「そういうことでしたら……諦めるしか……」

「い、いいえ、そのようなことは決して！　メルヴィン様ほどの素敵な殿方（とのがた）を、嫌がる女などおりません……」

途端にメルヴィンの瞳が輝いて、「では！」とその端整な顔をルクレツィアに寄せた。

「考えてはいただけないでしょうか。この戦が終わったとき、答えをいただけませんか」

メルヴィンの顔を見ながら、ルクレツィアは、自分は妻に相応しくない、という理由を必死で探していた。

そうしなくてはいけない、と思ったのだ。

（こんな非の打ちどころのない方に、私が嫁（とつ）ぐだなんて……そんなこと、あり得るかしら？　美人でもないし、持参金があるわけでもないし、この歳では子どもが産めるかどうかもわからないというのに……？）

無意識に首を振る。

「わたくしは……一国の王妃の器ではないのです。おわかりでしょう？　すでに自分の国をみすみす滅ぼしました。わたくしを正妃に迎えるなど、エインズレイの民もアウガルテンの民も認めはしません」

いいえ、とメルヴィンは首を振る。

「私の知るあなたは、責務に誠実で、慈悲深く、気高く、そしてどんな状況でも強く生き抜く知恵と勇気をお持ちです。民を大切にし、身寄りのない子どもたちを愛し、行き倒れている見知らぬ男を介抱することも厭わない。どうしてそのような過小評価をなさるのですか」

「それは……買い被りでございます。わたくしには、無理なのです。国の母たる資格など……」

しばらく押し問答が続く。

そんな様子に我慢ならない、というように、突然、ギルが大声を上げた。

「――あー、もうっ！　そんな求婚の仕方じゃ困るに決まってるだろー！」

メルヴィンもルクレツィアも、びっくりして長身の彼を見上げた。

「ちょ、ちょっと将軍、何を……」

止めようとするカールを押しのけ、ギルがのっしのっしと二人の間に割り込んでくる。

「メルヴィン、お前な、元王妃様にとっちゃあお前は顔も忘れてた存在なんだっつーの！　それで再会してたった二日で結婚してくれって、そんなこと言われたってそりゃ冗談みたいな話だろ！」

「ギル……お前な……」

「さっきから聞いてりゃ大層なお題目ばっかり並べやがって……そういうんじゃなくて、ちゃんと話せって言ってんだよ！　この五年、お前が元王妃様のいるあの小さな村のお屋敷まで、何度も何度もお忍びで会いに行ったり……」

「うわ――っ、この馬鹿野郎！」

メルヴィンが顔を真っ赤にして、ギルの口を塞ごうと手を伸ばす。しかしギルの力の前にあっさりと押さえつけられた。

「言うなよ、そういうことを！」

「なんでだ」

「気持ち悪いと思われるだろ！」

ふん、とギルは鼻で笑った。

「俺に言わせりゃとっくに気持ち悪いぜお前は！　どんな美女でも簡単にあしらってきたくせに、元王妃様にだけは声もかけられず、遠くから眺めるばっかりでよ！　うじうじしやがって、お前は初心な十代の小僧か！」

ギルはルクレツィアに向き直ると、今度は少し穏やかな話し方をした。

「すみませんね、こいつさっきから。今お聞きになってたと思いますが、こいつ本当にあなたに出会ってから、ずっとあなたを嫁さんにしたいって思ってたんですよ。その間ほかの女には一切手を出してないことは俺が保証します。隣村のクラウスのところに行くっていうのを口実にして、何度も何度もあなたのいる村に行って……。お気づきではなかったかと思いますが、あなたが農作業しているところや散歩されているところを、農夫に変装してこっそり見てたんですよ。ちなみに俺もそれに何度も付き合ったんですけどね……。あなたの様子は現地の担当者からそりゃあ細かく聞き込んで、具合が悪いって聞けばその度に心配して部屋の中ぐるぐる歩き回って、医者をつけようっていえば、どんな男にも彼女の体は触らせたくないから女にしろとか無理を言って……」

「――ギル、お願いだ、もうやめてくれ。お前という大事な将軍を我が軍から失いたくない」

もはや血の気の失せた顔のメルヴィンが腰の剣に手をかけて、地の底を這うような声でギルを黙らせた。

ルクレツィアは呆気にとられながらも、あの夜、森でメルヴィンが譫言のように言っていた言葉を思い出していた。

——今度こそあなたを……迎えに……この戦が終わったら……必ず幸せに……。

（あれは……誰と間違ったのでもない……私に、言っていたの？）

深く息を吐いた後、メルヴィンは気まずそうに額に手を当てた。

「……あの、ルクレツィア殿……」

「は、はい」

「その……お恥ずかしい話を……」

顔を真っ赤に染めるメルヴィンに、ルクレツィアも思わずぼっと顔が熱くなるのを感じた。

先ほどまでの、自信に満ち飄々としていたメルヴィンとの落差がすごい。慌ててルクレツィアは言った。

「あの、ええと、こちらこそ、お訪ねいただいていたのにまったく気づかず……失礼いたしました！」

「……その、先ほどあなたに言ったことは、本当です。あなたに、私とともに国の未来を見据える妃になっていただきたいと、思ったのです。ですが……そんなことよりも本当は……」

言葉が震えている。メルヴィンの緊張が痛いほど伝わってきて、ルクレツィアまで体が硬直した。

「私が……あなたに、そばにいてほしいのです。勝手ながら、この五年、ずっとお慕いしておりました」

いつの間にか、また風が吹いていることをルクレツィアは感じた。

どこかで、朝の交代を告げる笛の音が響いているのが聞こえてくる。

メルヴィンの真剣な眼差しが、じっとルクレツィアを射ぬく。心臓がばくばくと鳴って、胸がはちきれるかと思った。

男性に、こんなにも想われることなど、考えたこともなかった。

(この方は、本当に私を望んでくださるのだ……)

その時思い出されたのは、シメオンとの婚儀の日のことだった。

神聖な儀式で、夫婦の契約を交わしたシメオン。

「――殿下」

「……はい？」

「ひとつ、伺ってもよろしいでしょうか」

ドレスの裳裾を、ぎゅっと握りしめる。

「もし……もしも……わたくしがあなたの妻となって……でもいつか、国が滅ぶ時が、もしも来たとしたら……」

メルヴィンが目を見開く。

ぐっと顔を上げ、メルヴィンに真正面から向き合った。

「その時は……わたくしも一緒に、死出のお供をさせていただけますか？」

馬鹿な質問をしていると思った。しかし、二度も置いていかれるのだけは、ご免だと思ったのだ。

あの日の、シメオンの穏やかな死に顔が思い出された。

ルクレツィアのことなど、考えもしなかっただろう。最期に考えたのは、愛するマリーと息子のことだけなのだ。

ルクレツィアの問いかけに、メルヴィンはしばらく、真顔で黙り込んだ。

そして――にっこり笑った。

「大丈夫です。私の国は、滅びませんから」

「…………え？」

ルクレツィアは素っ頓狂な声を出してしまった。

「あの、ですから、もしも、ということで……」

ちょっと考えるようにして、メルヴィンは言った。

「私は、死ぬときは寿命で死にたいです。そして、それまではあなたとずっと一緒にいます。私たちの子と、孫に囲まれて幸せに暮らすんです。……だから、それを実現するためには、国を滅ぼすわけにはいきません。そのために、私は努力します」

そっと、ルクレツィアの手を取る。

「あなたが隣で笑っていてくれたら、きっとできると思います」

——余計な口出しをするな。

——私は王妃に助言など求めてなどいない。

——彼女を正妃として迎え、たった一人の妻として生涯を共にしたい……。

シメオンの言葉が、脳裏をよぎった。夫であった彼は、ルクレツィアが傍にいることなど、一度も望まなかっただろう。

その時、ルクレツィアは思いがけないことを考えた。

シメオンに感謝したい、と思ったのだ。

（あの時、私は置いていかれたと思ったけれど……陛下は、私に、新しい人生を与えようとしてくださったのかもしれない……生きて残ることで。だから今、こうして、ここにいることができる……）

都合のいい解釈だ、と自分でも思う。

しかし、それでいい、とも思った。

震える手で、メルヴィンの手を握り返す。

「――必ず戦に勝ち、ご無事でお戻りください」

メルヴィンが目を瞠る。

「お戻りになった時……お返事をさせていただきとうございます。まさか返事をお聞きにならずに戦場で息絶えたり、なさいませんわよね？」

終章

婚儀の夜を過ごすのは二度目だ。

寝台を前にして、ルクレツィアは前回とは違う意味で緊張していた。

オズワルド軍に勝利したメルヴィンは、その年正式にエインズレイ国王の座に即いた。

それから半年。正妃として迎えられたルクレツィアは今日、華やかな婚礼の儀を終えたところだ。

儀式の後、メルヴィンとルクレツィアの乗った馬車が走る沿道を、大勢の民衆が埋め尽くし、歓声をあげていた光景を思い出す。

こんな日が訪れるなど、あの落城の日、夢にも思わなかった。

扉を叩く音がして振り返ると、ティアナが顔を覗かせた。優雅な身のこなしで礼をする。

「王妃様、陛下がお見えでございます」

ルクレツィア付の侍女兼医務官として王宮勤めをすることになったティアナは、驚くほどその場に順応していた。もはや王宮の男たちは彼女の虜であり、それに嫉妬し反発するかと思われたほかの女たちには、一体どんな手を使ったのかすっかり飼いならしている様子だ。

いつもルクレツィアのうじうじとした相談に乗ってくれていて、もはやどちらが年上かわからない。そんなティアナがいつも側にいてくれることに、ルクレツィアは心底感謝していた。

ティアナの後ろから、メルヴィンが現れる。

国王即位式の黒い正装も、今日の婚儀の白い華麗な礼服も、何を着ても彼が纏うと絵のようで見惚れたものだが、今こうしてゆったりした寝間着にガウンを羽織りくつろいだ様子でいるメルヴィンを見ると、どうにも頬が熱くなるのを感じた。

扉を閉めながら、ティアナの口が「落ち着いて！」と動くのが見えて、ルクレツィアは苦笑する。

（そうね、落ち着いて……）

その途端、ルクレツィアの顔はメルヴィンの胸に押し当てられていた。

「あ、あ、あの、陛下……」

メルヴィンは我慢ならなかったというようにルクレツィアを抱きしめると、大きくため息をついた。

「長かった！　儀式というものはなんでああも長ったらしいんだ！　私とあなたの婚姻なのだから、早く二人きりにしてくれればいいものを……」

ねえ？　と艶のある笑みを浮かべて顔を覗き込まれ、ルクレツィアはさらに顔を赤らめた。

　いまだに信じられない思いだ。世の女性なら誰もが憧れそうなこの男性が、自分の夫であるなどとは。

　ルクレツィアの髪を優しく撫でながら、メルヴィンは満足げに笑う。

「これでようやくあなたは正式に私の妻です。もう遠くから眺める必要もない。会いたいときはいつでも会えるし、いつでもこうして触れられる」

「……婚儀の前から、ほとんどそうなさっていたじゃありませんか」

　くすりとルクレツィアは笑った。

　婚約してからというもの、メルヴィンは忙しいはずなのにほぼ毎日ルクレツィアに会いに来てくれた。それでもいまだに、こうして抱きしめられることに慣れないでいる。

　五年も想い続けてくれたというメルヴィンだが、ルクレツィアにしてみればようやく始まったばかりの恋だった。

この半年、メルヴィンの一挙手一投足にいつも目を奪われ、見惚れた。いつでも優しく、どんな時もルクレツィアを大事にしてくれる。びっくりするほど甘やかしてくれるのだが、そんな時どう反応していいかわからない。その度にぎこちなく真っ赤になるルクレツィアを見て、メルヴィンはいつも楽しそうにしていた。

「……ではわたくしも、陛下に会いたいとき、いつでも会いに行ってよいのでしょうか？」

慎ましすぎるルクレツィアの問いに、メルヴィンは苦笑した。

「もちろん」

「その……では、お邪魔にならない程度に……伺います」

「邪魔してくれていいのに」

「い、いえ、そのようなわけには……」

ルクレツィアは朱に染まった顔を隠すように、メルヴィンの胸に顔を埋めた。

そっとメルヴィンの肩に手を添える。ふと、傷痕が触れた。

あの時ルクレツィアが手当てをした傷だ。今では治癒しているものの、肉を削がれ刻まれたそれは、ガウンの上からでもなぞることができた。

勝利したといっても、メルヴィンは何度も命の危険に晒されていたし、傷もこれだけではなかった。

「……本当に、ご無事にお戻りになられて、よかった……」

今更ながら安堵したようにほっと息をつくルクレツィアに、メルヴィンは笑った。

「そりゃあもう、あなたにお返事をいただくという最重要課題がありましたからね」

正直なところ、戦争中は気が気ではなかった。

戦況は一進一退だったし、時折届くメルヴィンからの便りがしばらくの間滞ると、それだけで何か起きたのではないかと気を揉んだ。

凱旋の日、数か月ぶりに相まみえた満身創痍のメルヴィンは、ルクレツィアの姿を視界に捉えると脇目も振らずに歩み寄った。その時湧き上がった輝くような彼の笑顔は、今でも忘れられずにいる。

その時まで、果たして自分などが求婚を受け入れてよいものかと悩み続けていたルクレツィアの心は、一瞬で決まったのだった。

「……本当は、ずっと後悔していたのです。あのように、勝てばお返事をする、なんて言い方をしてしまって……」

「それは、私が勝つと信じてくださったからでしょう？　あの言葉があったから、私は何としてでも勝って帰ろうと必死でしたよ。それに、戦から戻った時のあなたの笑顔で、すべてが報われました」

「――え？」

ルクレツィアは顔を上げる。

あの時、自分は笑っていただろうか。思い悩んでそわそわしたり、求婚を受け入れるということをぎこちなく伝えたりした記憶はある。あとは、メルヴィンのひどく嬉しそうな笑顔ばかりが思い出された。

「わたくし……笑っていましたか？」

「はい、とても嬉しそうに笑って迎えてくださいました」

少し照れたように微笑を湛えて自分を見返すメルヴィンの面の向こうに、ふと、かつての夫の笑顔が思い浮かんだ。

（ああ、鏡だったんだ――）

心にすとんと落ちたその発見に、淡い後悔がよぎった。

記憶の中のシメオンは、いつも不愉快そうなしかめ面だ。

（あの方が私に笑顔を向けたのは、最初の夜だけ……。でもそれはきっと私も同じだったのだわ。お互いが鏡だったのに、それに気づけなかった……）

マリーとシメオンは、互いに幸せそうに笑っていた。その対の姿が、妙に鮮明に思い出された。

ルクレツィアは、メルヴィンのガウンをぎゅっと摑む。

「……陛下、あの、やはり、多少お邪魔でも、お会いしたいと思ったら、伺ってもよろしいですか?」

おずおずとそう言うと、メルヴィンは虚を衝かれた表情になった。

そうしてやがて、ふっと嬉しそうに笑って、ルクレツィアを抱きしめる。

(でも、この方となら……きっと……)

頰を寄せ、目を瞑る。

ルクレツィアは、安堵してほうと息を吐いた。

今、自分は笑っているだろう。

メルヴィンの傍では、微笑まずにいることのほうが難しく思われた。

春待つ君

旧アウガルテン王宮は、戦時の荒廃をすでに過去のものとしていた。

そこはメルヴィンの居城として修復と改装が行われ、現在では往時の面影を取り戻している。ただし一部は閉鎖されたままで——例えば、王が自害した別宮など——、独身のメルヴィンには妻も愛人もいなかったため、傾国のマリーが全盛を誇った時代からすれば、いささか華やぎに欠けていると言えなくもなかった。

この国がエインズレイの支配下に置かれるようになり、二年。ようやく統治体制も固まり、わずかながら落ち着きを得た頃、突然その貴婦人は現れた。

「——母上が？」

執務室で報告を受けたメルヴィンは、眉をひそめた。

従僕のカールが、はい、と頷く。

「先ほど到着されて、すぐに殿下にお会いしたいと」

エインズレイ本国にいるはずの母が突然会いに来るとは、一体何事だろうか。まさか、父に何かあったのだろうか、とメルヴィンは少し不安に思う。

「わかった。どこか部屋を用意してくれ。後ほど伺うと伝え——」

「メルヴィン！」

ばん、と音を立てて扉を開けて、母のハリエットが現れた。背後で案内役の侍従が「妃る。
殿下、お待ちを……！」と声を上げるが、お構いなしに息子のもとへとつかつか歩いてく
「母上……」
久しぶりに顔を合わせた母がひどく不機嫌であることを悟り、これは面倒なことになり
そうだと思った。しかしそんな気持ちはおくびにも出さず、ゆっくりと立ち上がって笑顔
で母を出迎える。
「お久しぶりです、母上。お元気そうで安心しました。ところで一体、どうされたのです
か？　なんの連絡もなく、こちらへいらっしゃるとは……」
「お前がいつまでたっても、まともな返事を寄こさないからでしょう！」
ハリエットは侍女たちに命じて、「持ってきなさい！」と肖像画を五つ用意させ、メル
ヴィンの目の前に掲げさせた。
「さぁ、選びなさい！　お前の妃となる令嬢を！」
（やっぱり……）
メルヴィンはげんなりとした。
ここ最近、母から送られてきた手紙の数は二十を超える。
それはいずれも、早く結婚して身を固めるように、と催促するもので、今は忙しくてそ

れどころではないとやんわり断り続けていた。それに業(ごう)を煮やした母が、ついに押しかけてきたらしい。

「母上、長旅でお疲れでしょう。まずはゆるりとお体を休めてください。話はまた後で――」

旅装のままのハリエットは、腕を組んで「いーえ」と傲然(ごうぜん)と胸を反らす。

「お前がこの中から一人選ぶまで、私はここを一歩も動きませんよ」

「母上……」

「メルヴィン、お父様の状況をよくお考えなさい。陛下は、もうそう長くはないはず。お前が皇太子となる日は迫っているのよ。それなのに、まだ子の一人もいないなんて」

「母上、今の私は多忙です。そうしたことはまたそのうちに……」

「お前、もしかしてこちらで誰か囲っている女がいるのではないでしょうね？」

「――そのようなことは」

ハリエットの眉がぴくぴくと動く。

息子の挙動から、何か察知したらしい。

実際、そんな女はいない。囲ってなどいない。

ただ、ずっと気になっている女性が一人、ここから遠く離れた北の地にいるというだけである。

そこへギルが顔を出し、ハリエットに気がつくとぴっと背筋を伸ばした。

「これは、ハリエット様！」

「ギル、久しぶりね。元気でやっている？」

「はっ。ハリエット様もお変わりなく……」

「ねぇギル、正直におっしゃい。メルヴィンには、女がいるのではない？」

「！」

ギルが顔色を変えた。

正直者のギルに馬鹿野郎と叫びたくなったが、メルヴィンはぐっとこらえる。

「いえ、そのようなことは……」

「やっぱり！　どこの誰なの！」

「母上、そのような者はおりません」

「メルヴィン、私だって少しくらい遊ぶことに口を挟むつもりはありませんよ。けれどお前は、我が国の未来の王になるのです。伴侶(はんりょ)には、ふさわしい娘を選ぶ必要があります。適当な女との関係は早々に断って、この中から一人選びなさい。あとは私がすべてうまく進めます」

「母上」

メルヴィンは母の手を取って、優しく微笑んだ。

「会いに来てくださって、嬉しいです。私のことを一番に考えてくださるのは、誰より母上です。母上からの手紙は、ほらこうして、いつだって手元に置いているんですよ」

机の引き出しから手紙の束を取り出してみせると、ハリエットは少し気勢をそがれたように、「あら」と小さく呟いた。本当は、半分ほどしか読んでいないのだけれど。

「せっかくいらしてくださったのです。ゆっくり食事でもしましょう。本国の話も聞かせてください。いつまでこちらへ滞在されるのですか？　明日はこのあたりを私が案内いたしましょう」

「けれどお前、忙しいのではないの？」

「母上のためでしたら、時間はいくらでも作りますよ」

息子の優しい言葉にまんざらでもない顔になったハリエットは、夕食をともにする約束をすると、満足した様子でカールに案内され部屋を出ていった。ただし、肖像画は置いたままだ。

去り際、

「それぞれ釣り書きもあるから、目を通しておくのよ」

と言い添えるのを忘れなかった。

嵐が過ぎ去ったような気持ちで、メルヴィンは大きく息を吐き、机に手をついて項垂れた。

「ハリエット様、今回は本気みたいだな……」

並んだ肖像画を眺めながら、ギルが言った。

「お前は、何しに来たんだ？　母上のご機嫌伺いに来たわけじゃないだろう」

「ああ、そうだった」

ギルは書類を差し出す。

「報告書だ。『あの奥様』の」

目にも留まらぬ速さで書類を奪うと、メルヴィンは貪るように文字を追った。

元アウガルテン王妃、ルクレツィア・アーデルハイト・エルヴィーラ・バルシュミーデ。

彼女についての仔細な報告は、毎月こうしてメルヴィンのもとへと届けられている。北の寒村に住まう彼女は、今はただ静かな日々を送っている。

報告される内容は、ほとんどいつも代わり映えがしない。彼女は毎日、本を読み、縫い物をし、時折散歩に出かけ、村の者たちと一緒に畑仕事をすることもあるという。

その姿を、瞼の裏に思い描く。

会ったのはたった一度。言葉を交わすことすらなかったというのに、あの気高い王妃の姿は今も目に焼き付いている。

　彼女は今頃、メルヴィンをさぞ恨んでいることだろう。

「……ギル」

「なんだ」

「母上が帰ったら、北へ視察に行こうと思う」

「北？」

「クラウスという元医務官助手からの意見書が、非常に興味深い。一度直接話を聞きたいんだ。それに、俺はまだこの国をすべて理解したとは言いがたい。民の暮らしを直接この目で見ることも重要だ」

「……お前、本気なの」

「もちろんだ。都は落ち着いてきたし――」

「そうじゃない。元王妃様のことだ」

　ぎくりとして、書面から顔を上げた。

「以前のお前だったら、こうも頑なに縁談を断ったりしなかっただろ。並み居る令嬢に目もくれず、寄ってくる女も全部袖にして……そんで、北へ行くって？　あの元王妃様に会いに行くつもりなんだろ？」

「……なんのことだよ」

メルヴィンはルクレツィアへの想いを、ギルに語ったことはない。

視線を揺らしてとぼけるメルヴィンに、ギルは呆れたように肩を竦めた。

「見てればわかるっつーんだよ、なんだその下手くそな嘘は！　舌先三寸でしらっと人を丸め込んでるいつものお前はどこへ行った！」

「うるさいな……」

メルヴィンは情けない顔で頭を掻いた。いつも傍にいるギルには、どうやら筒抜けであるらしい。

数日後、メルヴィンは己の持てる能力を最大限駆使して母からの縁談攻勢をなんとか躱し、無事に彼女を本国へ送り返すことに成功した。そして母を見送ってすぐ、自身はギルをともなって、北への旅路についたのだった。


少し肌寒さも感じられる、秋の昼下がり。

山々に囲まれた小さな村。人々は畑仕事に精を出し、この日は総出で小麦の麦踏みが行われているようだった。

麦踏みは横歩きになって畝を足で踏みつけていく作業で、凍霜害や徒長を防ぎ、根の張りをよくして耐寒性を高めることが目的だ。ここ北部ではほかの地域より種を蒔くのが早いので、この時期にすでに芽が出ているのだった。

そんな農民たちの様子を木立の向こうから窺っているメルヴィンは、周囲に己の正体を気づかれぬよう細心の注意を払っていた。わざわざメルヴィン本人がこの村へ来ているなどと噂が立てば、あらぬ詮索を受けるに違いない。

木の陰から顔を出し、メルヴィンは忙しく視線を動かした。

求める人影を探して落ち着かない彼の背後で、呆れたようにギルがぼやいた。

「絶望的に似合っていないな、お前」

メルヴィンは振り返る。

ギルは、そのあたりの農夫が着るようなくたびれたチュニックに古びたズボン、汚れたブーツを履いている。一方メルヴィンもまた、彼と似たような古着を纏って農夫に扮していた。この小さな村で自分の正体がばれないよう、万全の変装を行ったつもりだ。

しかし、わざわざくたびれた衣服を用意したにも拘わらず、メルヴィンの育ちの良さと見目麗しさ、そしてあふれ出る気品と風格が邪魔をして、どこをどう見ても農夫には見えないのだった。

ギルは渋面を作ってぼやいた。

「無駄にキラキラしやがって……」

「？　なんだって？」

「お忍びで来てるってのに、こんなのすぐばれるっつーの」

エインズレイ王宮においては、老いも若きも下働きから貴婦人まで、メルヴィンが歩けばあらゆる女性が引き寄せられるように振り返り、吐息を漏らしてうっとりと見蕩れてしまう。そんな彼がこんな寒村で農夫の恰好をしても、その輝きを打ち消すことなどできないのだった。

ギルはため息をついて、古ぼけた頭巾をメルヴィンに目深に被せた。

「わっ、なんだよ」

「少しはましになるだろ」

メルヴィンは顔を顰めたが、突然はっとして身を乗り出した。

ルクレツィアがやってきたのだ。

質素な青い衣にエプロンをつけたルクレツィアは、村の女に何やら説明を受けている。

メルヴィンはそんな彼女の姿に、じっと見入った。

少し痩(や)せた、と思う。

それでも、あの時メルヴィンたちに見せた張り詰めた凛々(りり)しい表情とは違い、穏やかな顔をしたその姿に、いくらかほっとする。

この国の元王妃は、やがて真剣な表情で裳裾(もすそ)をたくし上げ、麦踏みを始めた。村の男女がまるでダンスでも踊るように、列をなして麦の上を踏んでいく。小さな子どもたちも加わって、楽しそうに跳ね回っていた。

彼らの中に混ざりながら、ルクレツィアは少しぎこちなく足を踏みしめている。けれどやがてコツがつかめてきたのか、その瞳にはいくらか楽し気な色が浮かんだ。

口元に淡い笑みを帯び、頬(ほお)を上気させている彼女は、生き生きとして見える。

彼女が自ら望んで農作業などにも従事していることは、報告で聞いていた。贖罪(しょくざい)のつもりで自らを酷使(こくし)しているのでは、と心配していたが、その姿は彼女が目の前のすべてに感動していることを物語っている。

メルヴィンはその姿に、捕らわれたように動けなくなった。

やがてふらりと木陰から出ていくメルヴィンに、ギルがおい、と声をかける。

「どこへ行く気だ」

「麦踏みだよ」

「話しかけるのか？」

「……近くで見るだけだ」

足早に畑へ出ていくメルヴィンに、はぁ、とギルはため息をついて後に続いた。

畑の上で蠢く人々の輪にしれっと加わり、麦を踏みながら、じりじりとルクレツィアの傍へと近づいていく。今日は大勢が畑に入り乱れているから、二人くらい混ざっても誰も気にする素振りはなかった。

念のため、頭巾を深く被り直した。

気づかれぬよう、そうっと彼女の様子を窺う。

ルクレツィアは少し息を切らしながら、一生懸命に足を動かしていた。彼女は丁寧に丁寧に麦を踏みつけるので、ほかの人々と比べると歩みが遅かった。その動きに合わせて、メルヴィンもゆっくりゆっくり踏みしめる。

ルクレツィアが、隣の老女と話をしているのが聞こえた。

「麦踏みは、寒くなって霜柱ができる前にやるんですよ。麦の根が地面から浮き上がってしまうのを防ぐためにね。それに、踏むことで茎や葉が硬くなって、根も伸びます。寒さや乾燥、風なんかにも強くなるんですよ」

「……踏みつけられたほうが強く育つなんて、不思議ね。傷んでしまいそうなのに」

老女はからからと笑った。

「植物も人間も同じですよ」

そう言って、ルクレツィアについてきた二人の監視兵をちらりと見た。彼らは麦踏みには加わらず、畑の近くで待機している。

「厳しい訓練をした兵士ほど、強くなるものでしょう。それに、苦しい経験を乗り越えた人ほど、ちょっとやそっとのことじゃ挫けないものですよ」

ルクレツィアは少し息を呑んで、じっと考え込むように足下の麦の芽を見つめた。

きっちりと結い上げられた髪は、いまだに彼女が王妃としての矜持を胸にしていることを感じさせたが、その下に伸びる細い首筋はひどく弱々しく頼りなげだ。あの落城の日、あれほど彼女が強く堂々として見えたことが不思議なほどだった。

それでもやはり、こうして畑仕事をしていても、ルクレツィアがただの農民に見えることはなかった。ぴんと伸びた背中に、負っているものがある。

彼女の居場所はここではない、とメルヴィンは思った。

だが、たとえメルヴィンが望んでも、彼女はそれを受け入れるだろうか。

「――メルヴィン、そろそろ戻るぞ」

日の傾きを確認して、ギルが小声で告げた。

「……わかった」

激しく名残（なごり）惜しさを感じながら、ルクレツィアから無理やり視線を引き剝（は）がす。

「きゃっ」

すぐ傍で小さな悲鳴が上がった。後ろに若い娘がいたことに気づかず、ぶつかってしまったのだ。メルヴィンは慌てて彼女を支えた。

「すまない、大丈夫か？」

娘は少し立腹したような顔でこちらを見上げ、文句を言おうと口を開こうとしたが、頭巾の下の顔を目にするや硬直したようになった。

みるみる頬が赤らみ、小さく、

「だ、大丈夫ですぅ……」

と、ぽうっとした様子で答える。

ギルが苦々し気に、メルヴィンを引っ張って連れていく。その後ろ姿を、娘はうっとりした顔で見送った。隣にいた友人に、

「ねえ、今の誰？」

と浮き立った声で話しているのが聞こえる。

「馬鹿野郎」

ギルが言って、頭巾をさらに目深に被らせる。

「すまん」

次からは顔に泥でも塗るか、とメルヴィンは真剣に考えた。

遠ざかっていく畑の中に、ルクレツィアの姿が小さく垣間見えた。遠く離れても、その姿だけはくっきりと、目に鮮やかに飛び込んでくるのだった。

それからしばらくして、冬になるとルクレツィアの体調が優れないという報告が届いた。メルヴィンは心配でクラウスに相談し、やがて世話係を傍に置くことにした。

それでも心配で、ことあるごとに北へ向かいこっそりとルクレツィアの様子を見守り続けていたが、そのうちにブツュレ村の若い娘たちの間では、時折現れる謎の美青年の話がまるでおとぎ話のように密やかに語られるようになっていった。その正体を知る者はおらず、人々は口々に山の神の化身だとか、あるいは妖精王だとか噂したが、メルヴィンもルクレツィアも、そんなことは知る由もなかった。

そんな中、ルクレツィアが星祭りに行くと耳にしたのは、彼女がこの村にやってきてから五年が過ぎた頃だった。

星祭りは、冬の初めに各地で行われる。

　太陽の力が最も弱まり、昼が一番短い日を乗り越えた夜、運命を司る星々に祈って、災いを除き無病息災を願う。人々は願いごとを思い浮かべながら、空へとランタンを上げた。紙でできた色とりどりのランタンが夜空に舞い上がると、地上に星空が生まれたような光景が広がるのだった。

　ルクレツィアはこのブッュレ村に来て以来、一度も星祭りに参加したことがなかった。それが今年は、ティアナとともに出かけることになり、微かに心が浮足立っている。

　冬の夜、この北の大地はひどく冷える。ティアナは厚手の外套をルクレツィアに羽織らせ、さらに襟巻と手袋をしっかりと装備させた。

「体を冷やし過ぎるといけませんからね。もしお体がお辛ければ、すぐに言ってください」

「わかったわ」

　楽しそうに準備しているティアナに、ルクレツィアは申し訳ないと思いながらも、密かに嬉しい気持ちも自覚していた。

　ティアナは多くの若者からこの祭りに一緒に行こうと誘いを受けていたのに、それをすべて断ってしまったのだ。一人に絞れば血の雨が降る、などと言っていたけれど、本当は誘ってくれた男性たちの中に意中の人がいたのかもしれない。立場上断っただけで、ルクレツィアと一緒に行くと言ったことも方便だろう。

そう考えつつも、自分と一緒に行く、と言われたことは思いのほか嬉しかった。そして、嬉しいと思った自分のことが、少し意外でもあった。

(私は、誰かに選んでもらえることを、いまだに望んでいるのね……)

一年に一度のその時間を、自分と過ごそうと思ってもらえる相手がいる。それが、こんなにも心を温かくするものなのだ、とルクレツィアは嚙みしめていた。

ルクレツィアとティアナに同行する見張りの兵士二人を選ぶ際にも、どうやら水面下で随分と攻防があったらしい。その座を勝ちとった若い兵士たちは嬉しそうに付き従い、残された兵士たちは恨めしそうにその後ろ姿を見送った。

「都でも星祭りは行われるんですか?」

「ええ、そうね。毎年、大通りには数えきれないほどの出店が並んで、人でごった返していたわ」

懐かしい光景を思い返す。

両親はいい顔をしなかったけれど、幼い頃はそこで買ったお菓子を食べるのが好きだったし、空に舞い上がるランタンを眺めるのが楽しみだった。

王宮に入ってからは、その様子を一人遠目に見つめるだけになってしまったけれど。

村の広場でもいくつかの出店が並び立ち、太鼓や笛の音が鳴り響いていた。村人たちの表情は、いつになく陽気で晴れやかだ。戦が終わり、こうして彼らが楽しい時を享受できる今をルクレツィアは改めてありがたく思い、同時に、己の不甲斐なさを思った。

川辺に集まった村人たちが、赤、青、黄、緑、白、紫など、色とりどりのランタンの準備をしているのが見えた。赤は幸せ、黄色は繁栄、緑は健康——といった意味を持ち、恋人同士は赤いランタンを一緒に飛ばしたりする。

ティアナは緑のランタンを受け取って戻ってくると、「もうすぐ時間ですよ」とわくわくしたように言った。

「合図に合わせて一斉に放ちますからね。さぁ、そちら側を持っていてください」

「ええ」

火をつけたランタンはふわふわと浮かび上がり、ルクレツィアとティアナはその両端を手に持って合図を待った。

空は晴れ、冬の星が闇の向こうで銀砂のようにきらきらと輝いていた。冷えた空気の中で、ルクレツィアはほうっと息を吐いた。白い吐息が風に流れていく。

王宮で、ルクレツィアが一人星祭りの夜を過ごす中、シメオンとマリーが二人でランタンを飛ばしていたことは知っている。赤いランタンがふわふわと別宮から上がるのを、遠目に眺めていたのだから。

そんなことばかり思い出す自分が、嫌になる。

「ルクレツィア様、もうすぐですよ」

掛け声が聞こえてきた。

「三、二、一……！」

ぱっと手を放すと、夜空に向かって緑のランタンがゆっくりと舞い上がっていく。わぁっと歓声が上がった。

「綺麗(きれい)……」

うっとりと空を見上げるティアナを、見張りの兵士たちが見つめている。

本当は一緒に、ランタンを上げたかったのだろう。

すべてのランタンが空を埋めつくした頃、ルクレツィアはおもむろに切り出した。

「……ティアナ、わたくし、あそこの串焼きが食べたいわ」

「はい、買ってきますね」

「それから、ワインと、プレッツェルと……」

驚いた様子で、ティアナは目を丸くする。

「そんなに召し上がるんですか？」

「ええ、なんだかお腹が空いているみたい。全部、四人分をお願い」

「え？」

「私とあなたと、それから彼らの分」

ルクレツィアは手招きして、二人の兵士を呼んだ。

「一人では大変でしょうから、彼らに持ってもらいなさい。ほかに食べたいものがあったら、好きに買っていいわ。わたくしは少し疲れたから、そこに座って待っているわね」

川辺の大きな岩を指す。

「まぁ、ルクレツィア様をお一人にするわけにはいきません！　あなたたち、どちらかルクレツィア様と一緒にここで待っていて」

ティアナがそう言うと、若者たちの視線がぴりりと交錯した。どちらがティアナと一緒に祭りを回ることができるか、譲れないといった顔である。

「大丈夫よ。大人しく座っているから。周りにはこれだけ人がいるのだし、逃げたりしないわよ。さぁ、いってらっしゃい」

そう言って、三人を送り出す。

ティアナは渋々といった様子で、何度もこちらを振り返り、

「すぐ戻りますから！」

と声を上げた。

ルクレツィアは手を振って、彼らの背中を見送った。兵士たちはあからさまに表情を輝かせて、ティアナの両脇を固めてなにかと語り掛けている。

そして自分は静かに、岩の上に腰を下ろした。

ティアナにも、自分の面倒ばかりみずに祭りを楽しんでほしかった。

ちょうど芸人たちによる曲芸が始まって、人だかりが出来始めた。ランタンを上げ終わった人々が、そちらに向かって一人また一人と駆け寄っていく。いつの間にか川辺には、人影がほとんどなくなってしまっていた。

ルクレツィアは一人、天を見上げる。

夜空に浮かぶランタンは、まるで海の中を泳ぐ魚のようだった。風に揺られてふわりふわりと動く様は、いつまで見つめても見飽きることがない。

ティアナと一緒に飛ばした緑のランタンは、もう随分高いところまで昇っていた。緑は健康を願う色だ。ルクレツィアのためにティアナがそれを選んだであろうことは明らかで、献身的に看護してくれる彼女には本当に感謝していた。だからこそ、少しは息抜きもしてほしい。

遠くから聞こえる人々の笑い声、歓声、音楽――自分からは遠のくそれを、ルクレツィアはぼんやりと聞いていた。

ランタンを空に放つルクレツィアの姿を、メルヴィンは木立の合間からそっと見つめていた。

クラウスの薦めで傍につかせたティアナは、どうやら有能らしい。ルクレツィアの顔色は以前よりも随分よくなったし、頬もいくらかふっくらとしてきた気がする。

横でギルが、呆れた顔をして呟いた。

「本当に、お前ちょっと気持ち悪いぞ」

「黙ってろ」

「話しかけもせず、何年もこうして見てるだけ……もはや、あれか？　そういう趣味なのか？」

そんなわけがあるか、とメルヴィンは無言で己の乳兄弟の脇腹を軽く殴った。

今だって、本当はティアナの立つ場所に自分がいられたらどんなにいいか、と想像していたし、ルクレツィアの横顔に見蕩れて寒さすら忘れていた。こんなふうに、農夫の恰好で頭巾を被って暗い木立の中から遠目に見ることしかできないことが、どれほど歯がゆいか。

それでも、直接顔を合わせて話しかける勇気はないのだった。

己の国を滅ぼし、乗っ取った男。彼女がメルヴィンに対し、よい感情を抱いていないことは想像に難くない。もしも彼女に恨みと嫌悪のこもった目を向けられたら、と思うと心臓が抉られるような気分になった。

メルヴィンにとってこれまで、女性との付き合いは嗜みのようなものであって、深くその心を欲したことなどなかった。彼が微笑みかければ誰もが花の蜜に集まる蜂のごとく寄ってきたし、やがて遠ざかっていくことにもなんら痛痒を感じなかった。

それが、ルクレツィアを見つめるといつも、薄氷の上にいるような気分になる。触れたいけれど、拒まれるのが怖い。けれど狂おしいほどに、心が震える。

やがてルクレツィアはティアナたちに用を言いつけると、一人川辺に座り込んだ。

「あいつら、仕事中だってのに目を離して何やってんだ！　あとで懲罰だぞ！」

ギルが部下の行動に低く唸り声を上げた。

ルクレツィアは一人、ぼんやりと空を見上げている。

こんな時、気軽に話しかけることができたらいいのに、と思う。彼女の隣に座り、一緒に夜空を眺めることができたら――。

　ふと、ルクレツィアが立ち上がった。

　不安そうな面持ちで、闇の向こうを見据えている。怪訝に思い彼女の視線を辿ると、川にかかった橋の上に、幼い少年の姿があった。

　空を舞うランタンを夢中で見上げている彼は、ふらふらと橋を渡っていく。足下を気にせずにランタンを追っていた少年の体が突如、ぐらりと傾いだ。

　闇の向こうに、水音が響いた。

　川に落ちた少年は、微かに手をばたつかせたが、すぐに暗い水面に引きずり込まれるように姿が見えなくなってしまった。

「誰か……！」

　ルクレツィアが助けを求めるのが聞こえた。

　しかし、村人たちが集まっている広場まで距離がある上に、音楽とざわめきに包まれた人々の耳に彼女の声は届かない。皆こちらで起きていることに気づくことなく、祭りの喧騒に酔いしれている。

　ルクレツィアはおもむろに、襟巻を解き、纏っていた外套を脱ぎ捨てた。

　あの子どもを、自ら助けに行くつもりなのだ。

その時すでに、メルヴィンもまた駆け出していた。ところが突然、背後から強く腕を摑まれる。

「俺が行く！　お前はここで待ってろ！」

メルヴィンをその場に押しとどめ、ギルが木立を抜けていく。

その勢いのまま、川へと飛び込んだ。

それに気づいたルクレツィアは、ぱっと身を翻して広場へと駆けていく。

メルヴィンは息を詰め、じりじりとしながらその様子を見守っていた。こんな時にすぐ身動きの取れない自分の立場が、ひどく歯がゆく、情けないとすら思う。

暗い川の中から、ギルが少年を引っ張り上げた。ぐったりしたその小さな体を抱えて川岸へとたどり着いた頃、ルクレツィアがティアナの手を引いて戻ってくるのが見えた。

「早く、ティアナ！　こっちよ！」

倒れている少年のもとへと駆けつけたルクレツィアは、蒼白な顔をしている。

「水は吐かせた」

濡れそぼったギルが言うと、ティアナは真剣な眼差しで少年の手を取り、脈を診る。

「冷え切っているわ。体温を上げないと。――あなたたち、この子をすぐ運んで！」

ティアナは見張りの兵士たちに指示を出し、自分の外套を脱いで少年の体をくるんでやる。

「とにかく温めないと！　暖炉の火をいっぱいに焚いて、それからお湯を……」

「ゲルト！　ゲルト！」

母親らしき女性が、悲鳴を上げながら駆けてくる。

ルクレツィアが彼女に落ち着くようにと声をかけるが、息子に取り縋った彼女は泣きわめいていた。その背中を優しく撫でてやっているルクレツィアは、外套も襟巻も脱ぎ捨てたままの恰好だ。自分が薄着なことを、すっかり忘れているらしい。

メルヴィンは足音を忍ばせながら、木立からそっと抜け出した。そして彼女の外套と襟巻を拾い上げると、ルクレツィアの背後に近づく。

その肩に外套をかけてやると、ルクレツィアははっとして振り返った。

「……あなたまで、風邪を引いてしまいますよ」

メルヴィンはさっと顔を伏せ、夜の闇と頭巾の陰にその面を潜ませた。

言われて、ルクレツィアはようやく自分の恰好に気づいたらしい。

「まぁ……ありがとう」

外套に袖を通すルクレツィアが、間近にいる。

まるで幻のように、ランタンの灯りの下で浮き上がって見えた。

手を伸ばせば、触れられる距離。

「ルクレツィア様！」

ティアナの呼ぶ声に、ルクレツィアが視線を向ける。

その瞬間、メルヴィンは後退り、逃げるようにぱっと駆け出した。木立の闇の中に身を潜めていると、ぐっしょりと水に濡れたギルが戻ってきた。

「おい、お前その恰好のままで――」

「暖まっていけって言われる前に、逃げてきた。俺が誰か万が一気づかれたら、色々面倒だろ」

「馬鹿、この寒空に！　体を壊すぞ！」

メルヴィンは自分の外套を被せてやり、足早に馬車を待たせている場所へと向かった。馭者に、隣村のクラウスの家に急いで向かうよう命じる。

馬車の中で震えながら、ギルが言った。

「――あの元王妃様は、お前と似てるな」

「え？」

「ああいう時、なりふり構わず自分で助けようとするところが」

ギルは苦笑する。

「……ギル」

「うん？」

「次にここへ来る時には——正式に、彼女を迎えに来ようと思う」

　こそこそと隠れたりせず、堂々と彼女の前に立ちたい。

　彼女が誰かを救おうとするのなら、その外套を脱いで体を冷やしてしまう前に、自分が川へと飛び込みたかった。

　そのためには、こうして遠くから見つめるだけではだめなのだ。

「……ようやくかよ」

　ギルは笑って、そして盛大にくしゃみをした。ぶるりと震えて身を縮める。

「まぁ、せいぜいめかし込んで来るんだな。本気出したお前を袖にするような女は、そういないと思うぜ」

「どうかな……。ルクレツィア殿には、そんな小手先のやり方が通用する気がしない」

　窓の外で、夜空の彼方（かなた）へと飛んでいくランタンの小さな灯りがちらちらと垣間見（かいまみ）えた。

　いつかルクレツィアと並んで、あの光景を眺める日が来るだろうか。

　メルヴィンは窓越しに、空を仰（あお）ぐ。

（春になったら——）

花の香りの中で、彼女に会いに行こう。

都の民衆が上げた色とりどりのランタンが、夜空を舞っている。

エインズレイ王宮のバルコニーからその光景を眺めながら、ルクレツィアは感慨にふけっていた。

戦が終わり、メルヴィンが王として即位して、初めての冬だった。

星祭りの夜、新たな王を迎えたこの国は、どこもかしこも沸き立っているように感じられる。

(去年の星祭りは、あの村で過ごしていたのに……)

ティアナと一緒にランタンを上げた、あの美しい光景を思い出す。

記憶の中の、北の刺さるような冷たい空気を懐かしく感じた。わずかな間に目まぐるしく状況が変わったことを、改めて思う。

敗戦国の元王妃として、田舎の片隅で密やかに暮らしていたあの頃。それが今では、このエインズレイを統べる国王の婚約者であるとは、自分でもいまだに信じがたい。

(いつか、胸を張ってあの村の人たちに会いにいける日が来るといい……)

春になれば、婚礼の儀が執り行われる予定だ。

一度は王妃の座に即いたことがあるとはいえ、宮廷ごとに作法もルールも何もかもが異なるため、今は必死に学ぶ日々が続いている。しかしルクレツィアは、決して辛いとは思わなかった。かつてのように気負うこともなく、ただ目の前のことに懸命に向き合う毎日は不思議と心が研ぎ澄まされ、悩むことにすら胸が熱くなる。

ひとつ気がかりがあるとすれば、ハリエットのことだった。

エインズレイへやってきて以来、メルヴィンの母であるハリエットとは微妙な関係が続いていた。ルクレツィアを妃にするつもりだと語るメルヴィンに対し、彼女は声を荒らげて反対したのだ。

他国の王妃であった女をもろ手を挙げて歓迎するほうがおかしいので、当然だと思った。結婚に反対され、ことごとく無視され、王宮から出ていくよう幾度も勧告された。メルヴィンが諫めても、ハリエットは聞く耳を持たない。現在、王宮の女主人はハリエットであり、ここで働く者たちも皆、彼女の味方だ。ティアナが徐々にその牙城を突き崩し始めているが、ルクレツィアはほとんど孤立しているといってもよかった。

それでもルクレツィアは、毎日ハリエットのもとを訪れてご機嫌伺いをし、どんな嫌がらせも受け流している。

正直なところ、シメオンやマリーを相手にしていた時のほうが辛く苦しかった、と思うのだ。ハリエットの言動が、すべてメルヴィンとこの国への愛ゆえであるとわかっているからだろう。

ふと、あの村で暮らしていた頃、麦踏みをした時に教わった話を思い出す。

踏みつけられた麦は、強く育つ。

――植物も人間も同じですよ。

先日、慰問に訪れた孤児院でばったりハリエットと鉢合わせた時、幼い女の子がルクレツィアとハリエットの手を放さず、その子を間に挟んでずっと絵本を読んであげたことがあった。困ったような視線を互いに躱しながらも、ハリエットが子どもへ注ぐ眼差しは慈愛深く優しかった。

彼女は夫を亡くしたばかりで、今も喪服を纏っている。時折、寂しそうな顔をしていることにも気づいていた。

よき話し相手になれる日がくればいい、と思う。

今夜はこの後、メルヴィンと一緒にランタンを上げる予定だ。ハリエットにも是非ご一緒にと声をかけてあるが、返事はなかった。

冬の風が、体を包み込む。少し震えて、自分の体を掻き抱いた。

上着も羽織らず、外でぼんやりとしてしまった。

そろそろ部屋に入ろうか、と考えていると、背後からふわりと外套がかけられたので、ティアナだろうと思った。

ありがとう、と言いかけた時。

「――風邪を引いてしまいますよ」

その声に、ふと、記憶の中にある何かが揺さぶられた。

（……？）

振り返ると、そこに立っていたのはメルヴィンだった。

この国の若き王は、その麗しい面に蕩けそうな微笑みを浮かべながら、冷えたルクレツィアの頰をそっと撫でた。

「お待たせしてすみません」

「…………」

「？　ルクレツィア殿？　どうかされましたか」

なんだったのだろう、とルクレツィアは首を傾げた。

以前にも、こんなことがあった気がしたのだ。

「いいえ、なんでも……」

ルクレツィアは頰に触れたメルヴィンの大きな手の温かさを感じながら、気恥ずかしさで思わず俯く。

「ありがとうございます、陛下」

外套を胸元で掻き合わせた。

こうしたことに、いまだに慣れずにいる。

メルヴィンはいつも、ひどく嬉しそうにルクレツィアを真っ直ぐに見つめた。彼女の隣にいることがさも幸せであるというような様子に、ついつい気おくれしてしまう。

ルクレツィアのほうこそ、彼の傍にいるといつだって、心が浮き立って温かな幸せに包まれるというのに。

「さぁ、行きましょう。庭園にランタンを用意してあります」

差し出された手を取り、ルクレツィアは自室を出た。入口に控えていたティアナが、静々と後に続く。

「実は、先ほど母上を見かけました」

メルヴィンが、少し悪戯っぽく微笑む。

「ハリエット様を?」

「ええ。──庭園のほうへ、向かっているようでしたよ」

「！」

月明かりを受けて輝く池のほとりを、二人は軽やかな足取りで歩いていく。

揺れる水面に映るその姿はぴたりと寄り添い、まるで最初からひとつの対(つい)であったかのようだ。

頭上を包む鮮やかなランタンの群れが、吸い込まれるように天高く昇っていった。

【初出】コバルト文庫『最後の王妃』２０１５年11月刊

集英社オレンジ文庫をお買い上げいただき、ありがとうございます。
ご意見・ご感想をお待ちしております。

● あて先
〒101-8050　東京都千代田区一ツ橋2-5-10
集英社オレンジ文庫編集部 気付
白洲　梓先生

集英社
オレンジ文庫

最後の王妃

2024年6月25日　第1刷発行

著　者　白洲　梓
発行者　今井孝昭
発行所　株式会社集英社
〒101-8050東京都千代田区一ツ橋2-5-10
電話【編集部】03-3230-6352
【読者係】03-3230-6080
【販売部】03-3230-6393（書店専用）
印刷所　図書印刷株式会社

ISBN 978-4-08-680562-9 C0193

集英社オレンジ文庫

東堂 燦

十番様の縁結び 6

神在花嫁綺譚

「末の皇子に帝を殺させる」という
恭司を止めるため、真緒は宮中に
踏み込む。窮地に追い込まれるが、
そこに終也が現れて——!?

———〈十番様の縁結び〉シリーズ既刊・好評発売中———

【電子書籍版も配信中　詳しくはこちら→http://ebooks.shueisha.co.jp/orange/】

十番様の縁結び 1〜5 神在花嫁綺譚

集英社オレンジ文庫

倉世 春

おやしろ温泉の神様小町

六百年目の再々々々…婚

老舗温泉宿『三澄荘』で働く仲居の
千代の正体は、守り神である「小町様」。
三澄家の当主は「小町様」と形式上の
結婚をする風習があり、今夜は新当主の
貴司との祝言だったが、思わぬ事態に!?